诺贝尔文学奖获奖者小说丛书 青少年版

圣母的杂耍艺人

（法）法朗士 著
王艳秋 译

江苏凤凰文艺出版社
JIANGSU PHOENIX LITERATURE AND ART PUBLISHING, LTD

sheng mu de za shua yi ren

图书在版编目（CIP）数据

圣母的杂耍艺人 / （法）法朗士著 ; 王艳秋译. -- 南京 : 江苏凤凰文艺出版社, 2014.1（2022.8重印）
（诺贝尔文学奖获奖者小说丛书 : 青少年版）
ISBN 978-7-5399-6028-9

Ⅰ. ①圣… Ⅱ. ①法… ②王… Ⅲ. ①中篇小说－小说集－法国－现代②短篇小说－小说集－法国－现代 Ⅳ. ①I565.45

中国版本图书馆CIP数据核字(2022)第145803号

书　　名	圣母的杂耍艺人
著　　者	（法）法朗士
译　　者	王艳秋
责任编辑	孙金荣
出版发行	凤凰出版传媒股份有限公司 江苏凤凰文艺出版社
出版社地址	南京市中央路165号，邮编：210009
出版社网址	http://www.jswenyi.com
经　　销	凤凰出版传媒股份有限公司
印　　刷	三河市燕春印务有限公司
开　　本	652毫米×960毫米　1/16
印　　张	11.25
字　　数	100千字
版　　次	2014年1月第1版　2022年8月第3次印刷
标准书号	ISBN　978-7-5399-6028-9
定　　价	59.00元

目　录

克兰科比尔

献给亚历山大·斯丹朗[①]和吕西安·吉特利[②],他们二人——前者用其令大家交口称赞的图画,后者凭借其戏剧天分的完美塑造——赋予我那可怜的流动蔬菜商贩的卑微形象以伟大的个性。

——安纳托尔·法朗士

第一章　法律的威严

法官每一次以至高无上的人民之名义做出的宣判都体现了司法的神圣和威严。热罗姆·克兰科比尔是一个流动蔬菜商贩,因侮辱警察而遭指控,在开庭的那天,他才明白司法的威严。他坐在庄严肃穆而又阴郁的审判庭

① 亚历山大·斯丹朗(1859—1923):法国漫画家、版画家,以画猫而闻名。他是《克兰科比尔》插图作者之一,原籍瑞士洛桑。

② 吕西安·吉特利(1860—1925):法国演员、导演。他帮助法朗士将《克兰科比尔》改编成戏剧并于1903年在剧中扮演克兰科比尔。

的被告席上，能够看见法官、书记官、身着长袍的律师、挂着链子的执达员、警察以及隔栏后面安静的旁听者的脑袋。他发现自己的位置高高在上，好像遭受指控、出现在法官面前是某种极致的荣誉。在大厅的最里面，布里希庭长正襟危坐，他左右各有一名陪审官。布里希庭长胸前佩戴着一枚棕榈叶状的文化教育勋章①。法庭上还悬挂着一尊象征共和国的胸像②和一座被钉在十字架上的基督像，仿佛天堂和人间的全部法律都悬于克兰科比尔头顶，这样的暗示让他凛然生畏。克兰科比尔没有哲学头脑，所以他没去弄明白胸像和十字架上的耶稣像的含义，也没法去探究耶稣和共和国胸像在法庭上能否和谐相处。不过，这确实值得思量。因为，教皇的学说和教会的法规在许多方面和共和国的宪法和民事法律是背道而驰的。我们都知道教宗手谕录并没有被采纳。基督教会一如既往地告知民众：唯有它授权的政权才是合法的。但是，法兰西共和国却宣称，它不仰仗教皇的权威。克兰科比尔完全可以说：

“法官大人，先生们，卢贝总统没有涂过圣油。基督的圣像正高悬于你们头顶，借由普世会议和教皇之口否定了你们的权利。基督出现在法庭，要么是为了让你们铭记教会的权利，告知你们自己的权利无效，要么就毫无

① 法国的文化教育勋章为棕榈叶状。
② 胸像是法兰西共和国的象征，名叫玛丽安娜。

意义。"

布里希庭长可能会这般反驳：

"被告克兰科比尔，法国的历代统治者和教皇相处得都不融洽。尧姆·德·诺加雷[①]法官被逐出教会，但他并没因这件琐碎小事而辞职。法庭上的基督与格雷高瓦七世和伯尼思法八世时期的基督不可相提并论。你若愿意，也可以把他看作福音书里的基督，毫不知晓教会法典，而且从没听别人提起神圣的宗教手谕录。"

克兰科比尔可以这样作答：

"福音书中的基督是位布森古[②]。一千九百多年来，所有信奉基督的民族都坚信：基督被判刑是次错误极其严重的审判。庭长大人，若以基督的名义，我确信您未必敢判我超过四十八小时。"

可惜克兰科比尔并没有做出任何历史、政治和社会学方面的思考。他一直处在惊奇未定的状态。周围的场景和氛围让他对法庭审判萌生敬意。他恭恭敬敬、诚惶诚恐地等待聆听法官的判决。克兰科比尔潜意识里并不觉得自己犯了法，但他又觉得在法律庄严的意象面前，在社会制裁的执法者面前，一个流动果蔬商贩的潜意识是多

① 尧姆·德·诺加雷(13世纪中期—1313)：法国政治家、法学教授，曾任菲利普四世的大法官。

② 1830年革命后，一些年轻的共和党人头戴硬皮帽，以"布森谷"为名，他们中大多数都参加了1832和1833年的骚乱。布森谷代表"无政府主义者"。

么不值一提。而辩护律师的一席话也让他对自己的无辜感到质疑。

于是，一次仓促的概括性的预审判定克兰科比尔罪名成立。

第二章 克兰科比尔的不幸遭遇

克兰科比尔是个果蔬小贩，他手推推车，走街串巷，沿街叫卖："卷心菜！萝卜！胡萝卜咯！"如果推车里有青蒜，他就会喊："芦笋咯！"因为穷人们总把青蒜当成芦笋。十月二十日的中午时分，克兰科比尔正推着车沿着蒙玛特尔大街往南走，鞋店的老板娘巴雅尔太太从店里出来，走到他的推车旁。巴雅尔太太拿起一捆青蒜，略显不屑一顾地说："你的青蒜不怎么样啊。多少钱一捆？"

"十五个苏[①]，太太，这是市场上最好的青蒜了！"

"这三棵烂蒜要十五个苏？"

老板娘非常厌恶地把青蒜扔回了推车。

这时候，64号警察走过来对克兰科比尔喝道："赶紧走！"

五十年来，从早到晚总是有人警告克兰科比尔"赶紧

---

① 法国货币单位。大革命前的法国货币流通比较复杂，本位币单位是里弗（Livre）。按1726年的规定，1路易（Louis d'or）合24里弗，1埃居（écu）合6里弗，1里弗合20苏（sou），1795年法郎（Franc）正式代替里弗成为本位币，1:1折合，1803年确立1法郎合100生丁（Centimes）。1834年起，其他货币逐步退出流通领域，法郎、生丁成为法国仅有的货币单位，直到被欧元、欧分取代。

走”。对他而言，这个命令的正确性不言而喻。为了赶紧服从命令，他督促巴雅尔太太抓紧买。

“你得让我好好挑挑。”巴雅尔太太刻薄地反驳道。

她把所有的青蒜都翻了一遍，终于挑了一捆自己觉得最好的，然后把那捆葱紧紧地抱在胸前，就像是教堂绘画里的圣人抱着代表胜利的棕榈枝。

“我给你十四个苏，十四个不少了。我身上没带钱，得回店里给你取。”

巴雅尔太太抱着青蒜往店里走。一个带小孩的顾客抢先进了店里。

此时，64 号警察第二次警告克兰科比尔：“赶快走！”

克兰科比尔说：“我在等菜钱。”

“我在让你走，没让你等菜钱！”警察语气严苛地说道。

这时，老板娘正在店里给那个十八个月大的孩子试一双小蓝鞋，孩子的母亲着急要走。翠绿的蒜头正躺在柜台上。

五十年来，克兰科比尔一直推着他的小车穿街走巷，他对权威向来都是敬畏有加，不敢怠慢。但是，现在他遇到了特殊情况：此时他既有自己的权利，也有要履行的义务。他又不是个明断的人，没能明白个人的权利并不足以让他不履行义务。他太执著于自己那十四个苏，结果忽视了自己该把车推走，赶快把车推走，永远都别停留的义务。他还站在那儿等。

这时，64 号警察第三次平心静气地警告克兰科比尔快点离开。这位警察的习惯和蒙托西勒队长的态度截然相反：蒙托西勒队长是不断地吓唬人，却从不严厉惩罚；而 64 号警察虽然轻易不警告人，却动不动就做违警记录。64 号警察的秉性就是这样，虽然有点严厉，但却是名优秀的公仆、尽忠职守的军人。他既像狮子般勇猛，又像孩童般温顺。他只知道执行命令。

“我叫你往前走，难道你没听见？”

克兰科比尔有理由待在原地不走，在他看来，这个理由非常重要，他不可能认为不够充分。他简单直接地说出了这个理由：

“真见鬼！我已经跟您说了，我在等我的菜钱。”

64 号警察只回答道：

“你是要我给你开个违章记录吗？是的话，你只管说出来。”

听到他这么说，克兰科比尔讷讷地耸了耸肩，眼含痛苦地望了眼警察，然后抬起头看着天空，那种目光仿佛在说：

“但愿苍天明鉴！我是一个蔑视法律的人吗？我哪里敢无视管理我这种流动商贩的法令和规章！大清早五点钟，我就推着车到中央菜市场进货。七点钟开始，我就火急火燎地推着车，大声吆喝‘卷心菜！萝卜！胡萝卜咯！’今年我整整六十岁了，累坏了。可您却问我是不是想造反不听话。您这不是成心在跟我开玩笑吗？您的这个玩笑开得也太残忍了。”

也许警察没有注意到克兰科比尔的眼神，也许他从来都没有察觉有任何可以为他开脱的理由，他只是厉声问他听没听明白。

就在这时候，蒙玛特尔大街上出现了极其严重的交通堵塞。出租马车、平板马车、运送家具的马车、公共马车、四轮大车，一辆紧挨着一辆，前辆堵着后辆，仿佛牢牢地粘在一起，怎么都分不开。从闹哄哄水泄不通的车群里升起了阵阵咒骂声和叫喊声。出租马车的车夫们和隔着老远的肉铺伙计们粗鲁地对骂。公共马车的车夫认定是克兰科比尔导致了交通堵塞，因此都骂他“脏青蒜”。

这时人行横道上聚拢了很多看热闹的人，他们专心致志地听众人争吵。警察发现自己引人注目，满脑子只想着要显示身份的威严。

“很好！”他说道。

说完从口袋里掏出了一个脏兮兮的小本子和一小截短到不能再短的铅笔。

克兰科比尔打定了主意，决定听从内心的力量，更何况此时的他已经进退两难。他的小推车的轮子不幸被一辆送奶车的轮子给卡住了。

克兰科比尔扯着鸭舌帽里的头发，大声叫着：

“我已经跟您说了，我在等菜钱。真背！真是倒霉透顶了！真他奶奶的该死！”

他这些话里表现出的绝望远胜于反抗，64 号警察却认定自己受了侮辱。在他看来，所有的辱骂都必须具备“死母牛”这种传统的、约定俗成的、仪式一样，甚至可以说是宗教仪式般的形式。正是在这种形势下，他本能地把克兰科比尔的话收进了耳朵，并且烙在那里。

陷入极度惊诧和不解中的克兰科比尔，用他那双被太阳晒坏的眼睛望着64号警察，两条胳膊交叉放在蓝罩衫上。微弱、颤抖的声音时而从头顶冒出来，时而又从脚底钻上来：

“我说过死母牛？我？……啊！”

商店里的伙计和小孩子们看见拘捕个个哈哈大笑。这件事正合那些喜欢暴力场面和卑鄙局面的好事者的心意。但是一位穿着礼服、头戴大礼帽、神色忧郁的老人从围观的人群中挤出来，他径直走到警察旁边，态度温和，平心静气又信心十足地说：

“您听错了。他没有骂您！”

“管好自己的事吧！这事和您没关系！”那位老者衣冠楚楚，所以64号警察回答时没有大声吓唬。

老人固执己见，显得冷静又顽固。警察命令他去向警察分局局长解释。

这时候，克兰科比尔大声嚷道：

“我竟说过‘死母牛’？啊？”

就在他惊诧不已地感叹时，鞋店老板娘巴雅尔太太手里攥着十四个苏往他这边走来。巴雅尔太太看见64号警察拽住了克兰科比尔的衣领，她心里寻思，欠一个被带到警察局去的人的钱是不用还的，于是就把那十四个苏放回了自己的围裙兜里。

克兰科比尔眼睁睁看着自己的推车被扣押，自己失去了自由，脚陷万丈深渊，太阳也失去了光辉，他低声抱怨：

“怎么回事呀？……”

当着警察分局局长的面，老人称，由于交通拥堵，他滞留在马路上，亲眼目睹了整个经过。他确定64号警察没有遭到辱骂，是警察听错了。老人报出了自己的姓名和身份：大卫·马蒂厄医生，昂普瓦兹-巴雷医院的主任医师，四级“荣誉勋位”的获得者。换在别时，这样的证词足以让警察局局长了解事情的真相。但是在当时的法国，学者和贤人饱受质疑。

克兰科比尔被正式逮捕了，在拘留室呆了一夜之后，第二天一早他就被囚车押送到了拘留所。

在克兰科比尔眼里被监禁既不痛苦，也不丢脸，他觉得这是必须经受的。迈进监狱后，他印象最深刻的是干干净净的墙壁和方砖地板。他说：

“说到干净，这里可真是个干净地儿。真不错，完全可以在地上吃饭。”

就剩下他自己后，他想把木凳往外拽拽，但是却发现木凳是固定住的，不能动。他异常惊奇地自语道：

“真是个怪主意！这样的法子，我可想不出来。”

克兰科比尔坐下来，晃动拇指，仍旧惊奇未定。寂寞和孤独向他扑来。他心烦意乱，想着他被扣押的小推车和车上装着的卷心菜、胡萝卜、芹菜、野苣和蒲公英，心里忐忑不安。他焦虑不安地问自己：

“他们会把车子扔到哪儿去呢？”

第三天，克兰科比尔的律师——勒梅尔律师来探视他，这位律师是该协会最年轻的成员之一，还是“法兰西爱国协会”的一个分会的会长。

克兰科比尔试着把他的遭遇讲给律师听，因为他太不善表达，这对他来说可不是件容易事。其实，也许稍稍帮助一下他，他就能讲清楚。但是他的律师对他陈述的一切都毫不相信，律师一边摇头，一边查阅文件，低声说：

“哼！哼！这些卷宗里完全都看不到……”

然后，他带着厌倦，捋了捋金黄色的小胡子，对克兰科比尔说：

“为了您的利益，最好还是招了吧！依我看，矢口否认实在是蠢到家了！”

从那时起，如果克兰科比尔当真知道自己该坦白什么的话，他肯定是会供认不讳的。

第三章　克兰科比尔上法庭

布里希庭长整整用了六分钟审问克兰科比尔。如果庭长问的问题被告能一一作答的话，这场庭审必然会让案情变得清晰。但克兰科比尔生性不善争辩，又置身于这样一群人中，敬畏之感更让他有口难言，因此，他始终沉默不语。布里希庭长自问自答，每个回答都很犀利，压得人喘不过气。最后，他得出结论：

“那么您认为自己说过‘死母牛’了？”

“我说过‘死母牛’。因为警察先生先说了‘死母牛’，我之后才说的‘死母牛’。”

他其实想表达是警察出乎意料的指控把他弄懵了，在惊慌中他重复了警察加在他头上的话，而自己根本没说过。他说“死母牛”，就好像是在说：“我，侮辱别人？怎么可能呢？”

布里希庭长可不是这么理解的。

“您确定是那位警察先生先这么说的吗？”

克兰科比尔没有为自己辩解，对他来说，解释清楚这个问题难如登天。

“您不再坚持了。这么做非常明智。”庭长先生说。

庭长传证人出庭。

64号警察叫巴斯蒂安·马特拉，他宣誓自己所说属实，而且只说真话。他的证词如下：

“10月20日中午，我正在蒙玛特尔大街上执勤，看见街上有个流动小商贩模样的人，违章停车在328号位，导致交通堵塞。我三次警告他把车推走，不要停在那儿，可是他拒不服从。我警告他要开违章记录时，他却大喊‘死母牛’。我认为这句话是对我的一种侮辱。”

这段证词说法得当、无懈可击，法官们听后非常满意。被告一方曾提出传鞋店老板娘——巴雅尔太太和昂普瓦兹-巴雷医院的主任医师、四级“荣誉勋位”的获得者大卫

·马蒂厄医生出庭作证。可是巴雅尔太太什么都没看见，一句话也没听到。而马蒂厄医生在警察勒令菜贩往前走时，正挤在人群里。他的证词掀起一场风波：

“我目睹了他们的争执。”医生说道，“我发现警察说错了，其实他并没挨骂，于是我走过去跟他解释这件事。但警察坚持拘捕这个流动菜贩，还让我跟他一起去警察分局，我按照他说的做了，当着警察分局局长的面重复了自己的证词。”

“您请坐，”庭长说道，“执达员，传证人马特拉上庭。”

“马特拉，在你准备拘捕被告的时候，马蒂厄医生是否上前指出你弄错了？”

“庭长先生，他辱骂了我。”

“他怎么骂你的？”

“他说：‘死母牛’！”

旁听席上传来一阵喧哗哄笑声。

“你可以下去了。”庭长赶忙说道。

然后他警告旁听的人，如果再发生这种破坏法庭秩序的喧闹，就把他们全部清场。被告律师志得意满地舞动着长袍的袖子，这时，大家都以为克兰科比尔会被判无罪。

法庭重又安静下来，勒梅尔律师站起身，他的开场白是对巴黎警察局里警察的一番赞颂：“这些质朴谦逊的人民公仆，他们挣着微薄的薪水，却受苦受累、甘冒风险，时刻展现着英雄风采。他们过去是战士，现在仍然是战士。

战士，这个词就说明了一切……”

勒梅尔律师轻轻松松地对军人的品质做了极高的评价。他说自己属于那种“不能容忍任何人冒犯军队，触犯国家军队，而且以自己是军队中的一分子为傲”的那类人。

庭长点了点头。

其实，勒梅尔律师曾经是一位预备役中尉。他还是老奥德里耶特街区民主党的候选人。

他接着说道：“当然，我不会不认可治安警察每天为巴黎人民所做的细微却难能可贵的贡献。如果我发现克兰科比尔曾辱骂老兵，我绝不会答应当着众人面为他辩护。有人指控我的被告委托人骂‘死母牛’，‘死母牛’这个说法并不是空穴来风，翻开《俚语词典》，可以看到：‘母牛般的人指不怀好意、懒惰成性、游手好闲，像母牛一样懒懒地躺着不干活的人’；‘母牛：警察局的眼线密探’，因此‘死母牛’的确适合借指某些群体。但问题的关键是：这句话克兰科比尔是怎么说的？甚至他是否说过这句话？先生们，请允许我对此表示怀疑。

“我坚信马特拉警察毫无恶意。正如我们前面所谈，他当时在执行一项繁重的任务。他可能会因过度劳累而疲惫不堪，这样的话就会很容易出现幻听。先生们，当马特拉先生走上证人席，对大家宣布，科学界的骄子、上层人士、四级‘荣誉勋位’得主，昂普瓦兹-巴雷医院的主任医师，大卫·马蒂厄医生也说过‘死母牛’时，我们不得不认为马特拉被强迫症纠缠。如果我的用词不过分的话，我觉得他有被迫害妄想症。

“况且，即便克兰科比尔喊了‘死母牛’，我们也得弄明白他说这话是否就犯了轻罪。克兰科比尔是个私生子，她母亲是个放荡、酗酒的小商贩，患有先天性酒精中毒症。你们看他现在这副傻头傻脑样儿，那是六十多年悲惨生活的产物。先生们，你们会说他根本负不了法律责任呢。”

勒梅尔律师坐下来，布里希庭长含糊不清地宣读判决：热罗姆·克兰科比尔被判十五天监禁，罚处五十法郎。法庭偏听偏信了警察马特拉的证词。

克兰科比尔被押着走过法院里阴森漫长的走廊，极其渴望得到人们的同情。他转向押送自己的治安警察，连喊三声：

“长官！……长官！……喂，长官！……”

克兰科比尔长叹道：

“要是半个月前有人告诉我会遇到这档子事就好了……”

后来，他念头一转：

“这些先生们讲话也太快了。他们说得真好，就是太快。没办法向他们解释明白……长官，您不觉得他们讲得快吗？”

那位警察只自顾自地往前走，不但没作答，连头都没回。

克兰科比尔问道："您怎么不回答我呢？"

警察依旧默不作声。克兰科比尔极其悲怆地对他说："别人还和狗说话呢？您为什么不搭理我？您总不开口，不怕得口臭吗？"

第四章　为布里希庭长辩护

宣判之后，一些旁听者和两三位法官走出了审判庭，书记官通知另一宗诉讼案开庭审理。走出法庭的人对克兰科比尔一案没什么看法，他们已然没有丝毫兴趣，也就不必费心思量。唯有偶然来法院旁听的铜版画家让·勒尔米特先生还在琢磨刚才亲历的一切。

他把手搭在约瑟夫·奥巴雷律师的肩上，对他说：

"我们应该表扬布里希庭长，因为他控制了人们那徒劳无益的好奇心，以免滋生出想把一切都弄得清清楚楚的骄傲和自满。如果法官对比警察马特拉和大卫·马蒂厄医生的证词，就会发现二者南辕北辙，他也会充满疑窦，左右为难。依照批评的准则去审理案件，这种方法和良好的审判制度南辕北辙。如果法官草率地采取这种方法，他就会依照微不足道的个人观察和人类根深蒂固的弱点而做判决，那又何来权威？我们不可否认历史方法根本无法让他得到他需要的可靠性。这可能让我们想起瓦尔特·拉雷[1]的故事来。

“瓦尔特·拉雷被囚禁在伦敦塔中。一日，他像平常一样在撰写《世界史》第二部分时，窗下传来一阵嘈杂声。他走到窗前，看人们争吵，然后继续写书，他以为自己把这次吵架了解得一清二楚了。第二天，他跟一位朋友谈起这事，恰巧这位朋友当时在场，还参与了吵架，可是瓦尔特·拉雷所说的与他朋友所见的截然不同。他思量着，发生在自己眼皮子底下的事都会弄错，更何况那些发生在遥远时代的事情，弄清它们的真相一定是难上加难。于是，他把自己那本历史著作的草稿付之一炬。

“假如法官们有和瓦尔特·拉雷一样的担忧，那他们也会把所有法律文本统统烧毁。但他们没有这个权利，他们要是这么做，就是对司法的否定，就是犯罪。他们要放弃的是查明案件真相，而不是审判。那些希望法庭的判决建立在对事实条分缕析的研究之上的人，是危险的诡辩家，是民事审判、军事审判狡猾的敌人。布里希庭长颇具司法思想，不会让理智和思考来决定他的判决，以免判决结果引起人们无休无止的争论。他把审判建立在条条框框之上，以传统为基，正因此，其权威性和教会戒律几乎如出一辙。我听得出来，他的判决是从为数不少的

① 瓦尔特·拉雷(1552—1618)：英国大臣、航海家、作家。伊丽莎白一世在位时得宠，1603 年雅克一世登基后失宠，被囚禁于伦敦塔，后获释赴美洲探险。在探险途中，与西班牙人发生争执，回英国后被捕，在西班牙大使的唆使下被斩首。主要作品有《世界史》(未完成)。

宗教判决里抽取出来的。比如,您看到了,他对证词的分类不是按照那些不明确的、富有欺骗性的特性,比如真实性和人的诚实,而是遵循一些内在的稳定特征。他以武器做砝码,小心衡量。还有什么比这更简单,更明智的方法呢?他坚持认为那位治安警察的证词无懈可击,形而上学地把那位警察设想成花名册上的一个编号,把他归为最出色的警察一类。在他眼里,并不是生于科西嘉[1]的马特拉不可能犯错。他从不认为巴斯蒂安·马特拉有什么深邃的洞察力,能运用精确严格的方法考量事实。说实话,他在意的不是巴斯蒂安·马特拉这个人,而是64号警察这个身份。他认为人人都可能犯错,皮特和保罗[2]可能被误解,笛卡尔[3]、伽桑狄[4]、莱布尼茨[5]、牛顿[6]、比夏[7]和克洛德·贝尔纳[8]都可能犯错。所有人随时随地都可能犯错,犯错的原因则多得数不胜数。感官的直觉和

---

① 科西嘉:地中海西部的岛屿,法国一个省份。

② 皮特和保罗都是《圣经》中基督的使徒。

③ 笛卡尔(1596—1650):法国哲学家、物理学家、数学家、生理学家,解析几何创始人。主要著作有《方法谈》、《形而上学的沉思》、《哲学原理》等。

④ 伽桑狄(1592—1655):法国唯物主义哲学家、物理学家、天文学家。主要著作有《伊壁鸠鲁哲学大全》。

⑤ 莱布尼茨(1646—1716):德国自然科学家、数学家、唯心主义哲学家。

⑥ 牛顿(1642—1727):英国物理学家、数学家,在光学、热学、天文学、数学方面都卓有建树。主要著作有《自然哲学的数学原理》等。

⑦ 比夏(1771—1802):法国解剖学家、生理学家。主要著作有《普通解剖学》。

⑧ 克洛德·贝尔纳(1771—1802):法国生理学家。

大脑的判断是错误之源泉，是事物糊里糊涂的起因。不应该听凭一面之词：只有一人作证，等于无人作证。但我们可以信赖一个号码，生于森托山的巴斯蒂安·马特拉可能犯错，但64号警察，撇离了人的本性，是不可能犯错的。在号码这样的实体上，完全没有人类令人困惑、堕落、受骗上当的东西，它是纯粹的、持久的、毫无掺杂的。正因如此，法庭毫不犹豫地摒弃了大卫·马蒂厄医生的证词而选择了64号警察的证词，因为马蒂厄医生是一个个人，而64号警察却是个纯粹的概念，犹如降临法庭的一道圣主灵光。

"布里希庭长这样做，能够确保自己不犯错，这也是法官所追求的唯一目的。如果证人身佩军刀，那就应当听从军刀的陈述，而不是证人的。人理应受到蔑视，因为人可能犯错，而军刀不会，它永远是对的。布里希庭长深刻地领悟了法的精神。社会建立在法律之上，权力作为社会令人敬畏的基础应该得到尊重，而司法机关正是行使权力的部门。布里希庭长知道64号警察是最高权力的一个小小部分，最高权力就体现在它的每位官员身上。损害64号警察的权威就等于削弱国家的权力，正如波舒哀[①]用他非凡的语言所说的，'吃朝鲜蓟的一片叶，就是吃掉整株朝鲜蓟。'

---

① 波舒哀(1627—1704)：法国作家，著有百余篇说教词，宣扬天主教教义。

“一个国家的所有利剑都应同指一个方向。若剑锋相对，共和国就会颠覆。也正因如此，法官依据64号警察的证词公正地将犯人克兰科比尔判处了十五天监禁和五十法郎的罚金。我仿佛听见布里希庭长亲口解释激发他做出判决的那些堂皇而崇高的缘由。他仿佛在说：‘我依照64号警察的证词来审判此人，因为64号警察是警察力量的一部分。为了证明我的明智，请设想一下我采取相反做法的结果。如果我做出反对权力的判决，我的判决就不会得到执行。先生们，请注意，只有得到权力的支持，法官们的判决才能得到服从。没有警察，法官不过是可怜的空想家。如果我判一位警察有错，那就会祸及自身。更何况法律的精神也反对这么做，解除强者的武器，而武装弱者，就意味着改变社会秩序，而我的使命是维持社会秩序。司法就是将存在的一切不公行为合法化。谁见过它与征服者对立，和篡权者背道而驰？一个不合法的政权被建立起来，司法的任务仅仅是认可它，使其合法。一切都只不过是形式而已，有罪和无辜之间只隔着一张印花公文纸的厚度。全是你的问题，克兰科比尔，谁让你不是强者呢？如果在骂完‘死母牛’后，你能成为皇帝、独裁者、共和国总统或者只是一名市议员，我都可以向你保证，绝不会判你十五天拘留和五十法郎罚金。我会免除你的一切处分，这点你大可放心。’

“毫无疑问，布里希庭长肯定会这么说，因为他具有司法头脑，深知一名法官对社会肩负着什么职责。他始终有条不紊、规规矩矩地维护着社会准则。司法是社会性的，只有那些刚愎自用的人，才希望它是人道的、合理的。司法是依照固定的法则执行的，而不是服从感情或智慧的灵感一闪。特别是，别要求司法能够公正，司法没必要是公正的，因为它本身就代表了公正。我还要对您说，只有在无政府主义者的脑袋里才会冒出司法公正的念头。当然，马尼奥庭长①做过公正无私的判决，但是如果这些判决都被颠倒，也依然是公正的。

“真正的法官在权衡证词时以武器为砝码。克兰科比尔的案子如此，其他著名的案例里也不例外。”

让·勒米尔特先生一边这样说着，一边在休息室里走来走去。

约瑟夫·奥巴雷律师很熟悉法院的情况，他搔了搔鼻尖回答道：

“如果您想听听我的看法，我会说我不相信布里希庭长能达到那么高的形而上学层面。我认为，他之所以接受并认为64号警察的证词是真的，完全是依样画葫芦，只是效仿其他的法官。大部分人都模仿别人，因为人们尊敬循规蹈矩的人，信赖和别人行为一致的人，把他们称为好人。”

---

① 马尼奥：法国法官、政治家，1887年任法国下托蒂埃里法庭庭长。他的一些判决建立在公正而不是严格的法律基础上，对当时的社会结构进行了毫不掩饰的抨击，为他赢得了“好法官”的称号。

第五章 克兰科比尔服从共和国法律

克兰科比尔被押回牢房，坐在拴着链子的凳子上，心里充满了惊讶和崇敬。他自己并不清楚法官做了错误的审判——法庭仪式何等庄严，把内在的弱点都掩藏了。他不可能相信自己有理由反对法官的判决，因为他根本连判决都没弄明白——在如此壮观的场面下，他根本不可能发现有什么不对头。克兰科比尔从未做过弥撒，也没去过爱丽舍宫，他活了一辈子也没见过可以和轻罪法庭的审判相提并论的庄严场景。他清楚地知道自己没喊过“死母牛”，却因为喊了这句话被判处十五天监禁，在他看来这里一定有某种庄严神秘的东西。这神秘的东西是宗教信徒虔信谨遵却并不理解的信条，是一个难以捉摸、惊奇万分、引人崇拜却又畏而生惧的启示。

这位可怜的老人承认自己因为神秘地冒犯了64号警察而犯了罪，就如同教理课上小男孩承认自己犯有夏娃的原罪一样。法庭说他喊过“死母牛”，所以，他一定是用一种神秘的、自己都不知道的方式喊的。他被送到了一个超然的世界里，而判决书就是他的启示录①。

如果说克兰科比尔对轻罪没有明确的概念，那么他对处罚的概念就更模糊不清了。判决这件事对他而言是一场庄严崇高的仪式，让他眼花缭乱，觉得深不可测。而

① 《圣经·新约》里的一卷。

且，他也不能和别人讨论，对这件事既不能加以颂扬也不能感到遗憾。就算此时他看见布里希庭长拍打着白翅膀，从天花板的一个洞里从天而降，额前一圈光环，他也不会对这彰显司法荣耀的新形式感到惊讶。他会说：“这是在继续审理我的案子呢！”

第二天，他的律师来看他：

“喂，老人家，情况还不至于太差劲吧？千万别灰心。两周很快就过去了。我们没什么可抱怨的。”

“这个嘛，我必须说那些先生们非常友好、很有礼貌，一句粗话都没说。真有点难以置信。那个保安警察还带着白手套，您注意到了吗？”

“仔细考虑后发现我们认罪是对了。”

“或许吧。”

“克兰科比尔，我有个好消息要告诉你。有一位好心人，听我说了你的情况后，很关心你的境况，他给了我五十法郎，用来支付你的罚金。”

“您什么时候把这些钱给我？”

“这些钱要交到书记官那儿。你不用操心了。”

“都一样。无论如何要谢谢那位好心人。”

克兰科比尔陷入了沉思，他低声说道：

“我遇到的这事可不一般。”

“不要夸大其词，克兰科比尔，像你这种情况并不少见，多得很哪！”

“您能告诉我他们把我的推车扔到哪儿去了吗？”

第六章　公众面前的克兰科比尔

出狱后的克兰科比尔依旧推着车在蒙玛特尔大街上叫卖:"卷心菜！萝卜！胡萝卜咯!"对于此番遭际,他既不感到光荣,也不觉得丢脸。这次遭遇并没有给他留下沉痛的记忆,在他看来,这不过就像是一场梦、一次旅行甚至一个游戏。但是,话说回来,能够走在泥泞的街上,沿着步行街叫卖,抬头看下雨前头顶上像臭水沟一样脏兮兮的天空还有城镇里的漂亮蓝天,他感到非常满足。每到一个转角他都要停下来喝一口酒,然后,心情快乐,无拘无束。他朝手心里吐口唾沫,润润布满老茧的手掌,然后抄起车把,推车上路。这个时候,一些和他一样可怜兮兮、早晨在街上觅食的麻雀伴着他熟悉的叫卖声"卷心菜！萝卜！胡萝卜咯!",呼啦啦飞走了。一位老妪走过来,边挑芹菜边问他:

"克兰科比尔老爹,你这是出什么事了？有三个星期没看见你了。你生病了吗？你的脸有些苍白。"

"告诉你吧,马约希太太,我过了几天清闲日子。"

除了酒馆去得越来越频外,克兰科比尔的生活没有丝毫改变。他觉得自己是在过节,在酒馆里还认识了一些好心人。他乐乐呵呵地回到自己的阁楼,倒在床上,把麻袋拉过来盖在身上,那麻袋是街角卖栗子的小贩借给他当毯子用的。他心想:"蹲监狱也不算糟糕,那儿要啥有啥。不过,说来说去还是自己家好呀!"

可是好景不长。很快他就发现他的主顾看他的眼光有些异样。

“好芹菜呀，库安特罗太太！”

“我什么都不买。”

“什么！什么都不要？您总不能靠吃空气活着吧？”

库安特罗太太没搭理他，走进了面包店，她是那家店的老板娘。过去，商店的老板娘、女看门人常把他装着各色蔬菜的推车围住，不愿离去。现在，她们一看见他扭头就走。他走到“守护天使”鞋店，当时他就是在那儿吃的官司。克兰科比尔喊道：

“巴雅尔太太，巴雅尔太太，您上次还欠我十五个苏呢。”

当时巴雅尔太太正坐在柜台旁，压根就没打算回头。

蒙玛特尔大街上所有的人都知道克兰科比尔老爹蹲过监狱，现在街上没一个人认识他了。他被判刑的消息一直传到市郊，就连里歇大街吵吵闹闹的角落都知道了。克兰科比尔走到里歇大街的时候已快中午时分，他看见那位和蔼忠诚的老主顾——洛尔太太正俯下身子，在小马丁的车里挑一棵大个儿的卷心菜。她的头发像一团松松垮垮的卷曲金线，在阳光下闪闪发光。小马丁，那个无赖，坏蛋，正手贴胸口地跟她打包票说，别人卖的菜都没有他的好。看到这一幕，克兰科比尔的心都碎了。他把车子推到小马丁的车前面，用埋怨、颤抖的腔调对洛尔太太说：

“抛弃老卖主可不太公平。”

正如她自己承认的一样，洛尔太太并不是什么公爵夫人。她对囚车和监狱的看法也不是上流社会里那样的。但一个人无论做什么职业，都可以清清白白，不是吗？人人都有自尊心，都不愿意和一个监狱里放出来的人打交道。因此她装出一副厌恶的神情，算作是对克兰科比尔的回答。这个卖菜的老头感到自己受了奇耻大辱，大声吼道：

“臭婊子！去你的！”

洛尔太太放下手里的卷心菜，喊道：

“啊！滚开，老惯犯！刚从监狱里放出来，居然就开始骂人。”

如果克兰科比尔冷静的话，是决不会责备洛尔太太的职业。他心里清楚，一个人在生活中不是想干什么就能干什么的，谁都不能决定自己的职业，他也知道做什么的都有好人。他过去一向谨慎，从不过问女顾客是干什么的，也不鄙夷任何人。这次他一连几次骂洛尔太太婊子、烂货、骚娘们儿。爱看热闹的人在洛尔太太和克兰科比尔身边围了一圈，听着他们你来我往、唇枪舌剑地对骂。要不是来了一个警察，他们会一直你一句我一句地骂个没完没了。那位警察一声没吱，一动没动，弄得他们也一下子沉默不语了。克兰科比尔和洛尔太太终于分开了，但是经过这一番争吵，克兰科比尔在蒙玛特尔和里歇大街的居民心目中的形象一落千丈、声名狼藉。

第七章　后　　果

克兰科比尔一边走一边嘟囔：

“肯定是个婊子。没人比她还不要脸。”

但是，在他心里，他却并不是因为这个而辱骂她，他骂她并不是因为瞧不起她的营生。相反，他甚至因此而敬重她，他知道她非常节俭，规规矩矩。以前他们喜欢一起聊聊天。洛尔跟他说起住在乡下的父母，他俩的共同心愿——有个小花园，养点家禽。一直以来，洛尔太太都是他的好主顾。一看见她在小马丁，那个脏兮兮、一无是处的混蛋那儿买卷心菜，他就被重重地刺痛了。当她假装出看不起他的神情，他实在忍无可忍了，然后就吵了起来！

唉，无独有偶，最糟的是把他视作灾难的人不只洛尔太太一个，再也没有一个人和他打交道了。面包店老板娘、库安特洛夫人、“守护天使”鞋店的巴雅尔太太，她们全都和洛尔太太一样，看不起他，嫌弃他。整个社会都不想和他打一点交道，该怎么办呢？

一个人就因为蹲了十五天监狱，结果连卖大葱的资格都不够？这公平吗？一个老实人，就因为和警察有点过节，就要眼睁睁地被饿死，天理何在呀？如果他再也没法卖菜，那就只能等死了。

就像酿坏了的葡萄酒，他日渐尖酸刻薄。自从和洛尔太太吵架后，他动不动就和别人吵起来。为了一点鸡毛蒜皮，他就毫不顾忌地揭主顾的短。只要她们买菜时稍微挑长了点时间，他就说她们是小气鬼、穷鬼。在小酒铺里也是这样，他责骂那些酒友。卖栗子的小贩曾是他的朋友，现在也完全认不出他来了。他说，老克兰科比尔已经变成了一只真正的刺猬。确实如此，他变得粗暴无礼、很难相处、说话粗鲁、油腔滑调。这都是因为社会制度不完善，但他很难像自然科学家或政治学院的教授一样，把社会体制的弊端和改革的必要性陈述清楚，何况他的想法又很跳跃，根本没有条理。

不幸使他变得越来越蛮不讲理。他对那些并不想伤害他，有时比他还弱小的弱者发起报复。有一天他喝醉了，打了酒商的儿子阿尔封思一记耳光，就因为那孩子问克兰科比尔蹲监狱什么感觉。克兰科比尔边扇耳光边说：

“小混球，你老子靠卖高级劣质酒发家致富，他才应该进监狱。”

这个举动和这番言论让他身败名裂。那位卖栗子的小贩一语道破，他说：“不该对一个孩子大打出手，也不该用他父亲的过错惩罚他，因为儿子并没有选择父亲的权利。”

克兰科比尔开始酗酒。他挣的钱越来越少，喝的反而越来越多。他从前节俭度日，思维清醒，现在连他自己都弄不明白怎么变成了这个样子。

“我从来就不是个胡吃海喝的人，可能人越上了年纪越不长进吧！”他忖度道。

有时他也严厉谴责自己的放纵和懒散：

“克兰科比尔，老伙计，你除了举杯喝酒外，啥也干不了呀！”

他有时还自欺欺人地告诉自己，他喝酒都是有正当需求的：

“我得时不时地喝点，得给自己壮壮胆，提提精神。我这身子里烧着一团火，只有这东西才能把火浇灭。”

他经常赶不上早上的蔬菜拍卖，只能进到别人赊给他的质量很次的蔬菜水果。有一天，他觉得疲惫不堪、灰心丧气，就把推车扔在了棚子里，在卖下水的罗丝太太的肉铺附近和中央菜市场所有的酒铺里闲晃荡了一整天。到了晚上，他坐在一只篮子上，陷入了沉思，意识到了自己的衰老。他回想起年轻时的意气风发；他那繁重的劳动和不错的收入；那些数不清的简单重复却又充充实实的日子；他回想起天还没亮，自己在中央菜市场上来来回回，等着蔬菜批发拍卖；他想起自己把一抱抱蔬菜细心地摆到推车上，匆匆把泰奥多大娘那一杯滚烫的黑咖啡一饮而尽；回想起自己在熙来攘往的街上推着车，洪亮的叫卖声像雄鸡啼鸣一样，刺破清晨的空气。他做牛做马、清白艰难的生活都浮现在了眼前。半个世纪以来，他一直用他流动的蔬菜摊，把园子里的新鲜蔬菜送到夜里难眠、饱受忧苦的市民手里。他摇头、叹着气道：

“完了，我变了。我是完蛋了。瓦罐从井里打水，碎也不离井边。而且，吃了那么一场官司，我的脾气全变了。我再也不是以前的那个我了，不是啦！”

最后，他完全垮了。一个人沦落到那种境地就好像倒在地上再也爬不起来。所有路过的人都能踩他几脚。

第八章　最终结局

困厄，极度的困厄来袭。以前这个卖菜的老头能从蒙玛特尔区带回装了满满一袋子装着一百苏的硬币，现在却连一个子儿都见不着了。冬天到了。他被从阁楼里轰了出来，只能睡在车棚的推车下面。雨下了好些日子，阴沟里臭水泛滥，把车棚给淹了。他就蜷缩在推车下面，身边是难闻的臭水，四周都是蜘蛛、老鼠和恶猫，在恶臭的黑暗里他的脑袋里想着什么。已经一整天没吃东西了，卖栗子的小贩借给他的麻袋也没了，他想起在监狱里度过的那两个星期，那里供吃供住。他羡慕起囚犯的日子来，他们不用挨饿受冻，于是他灵机一动：“咱都知道那个绝招了，为啥不用用呢？”

他站起来，走到大街上。刚过夜里十一点，夜色漆黑，天气寒冷。天飘着毛毛细雨，比大雨还刺骨。零星几个路人从屋檐底下匆匆走过。

克兰科比尔走过圣欧斯塔西教堂，拐进了蒙玛特尔大街。街上冷冷清清的。一名治安警察站在教堂圆室的人行道上的一盏煤气路灯下面。可以看见灯光下跳跃在他四周的棕红色的丝丝小雨。雨水打在他的风帽斗篷上。

警察看起来瑟瑟发抖，但是或许是因为他喜欢光亮，或者是他不想再走了，他就站在那盏路灯下，没准还把路灯当做朋友，让灯陪着他。孤单的夜晚，这闪烁的灯光是他唯一的倾诉对象。他一动不动，完全不像是人能做到的。他的靴子倒映在湖水一般的湿漉漉的街道上，把他的下半身拉得特别长，远远望去，好像是一头半个身子露出水面的两栖巨兽。走近一看，则全然一副修道士或军人的模样。他粗糙的脸部轮廓在风帽的影子里显得更宽大了，表情忧郁而平静。他留着短短的灰色的浓胡子。看上去有四十多岁。

克兰科比尔轻轻地挪到他面前，用犹犹豫豫、微弱的声音说道："死母牛！"

然后，他开始等待这句行话的效果，但这句话并没引起什么反应。警察依旧一动不动、一语不发，双臂交叉着插在短大衣里。他眼睛睁得大大的，在黑暗中闪着亮光，用满含忧伤、警惕和鄙夷的神情望着克兰科比尔。

克兰科比尔顿感惊奇，但他还是下定了决心，结巴着又说了一句："死母牛。我说你呢！"

在这飘着刺骨细雨的凄冷寒夜里，警察沉默了良久，然后终于开腔了：

"不该说这话的……确实不该说这话。您这么大年岁应该知道。快走吧。"

"您为啥不抓我？"克兰科比尔问道。

警察摇了摇带着湿漉漉风帽的脑袋：

“如果把所有说了不该说的话的酒鬼都抓起来，我们可就有事干了！……可是，那又有什么用呢？”

如此宽宏大量的蔑视让克兰科比尔非常沮丧，他神情木然、呆呆地在水沟里站了很长时间。要走前，他试着解释：

“我说‘死母牛’不是针对您，也不是针对别人。这么说就是一个想法。”

那位警察严肃而和蔼地说：

“无论是个想法还是什么别的，都不该这么说。当一个人正履行职责，忍受痛苦时，不应该用这些无聊的话侮辱他。我再说一遍，走你的路吧！”

克兰科比尔低着头，摆着双臂，一头扎进了黑暗的雨夜。

巴尔萨泽

——献给欧仁·麦尔希奥尔·德·奥古埃子爵

第一章

那时巴尔萨泽统治着整个埃塞俄比亚，希腊人称他为萨拉逊人。巴尔萨泽虽是黑人，却面容俊美；头脑单纯，却心胸坦荡。在他统治的第三年，也就是他二十二岁那年，他离开祖国前往撒巴，去拜谒巴尔吉丝女王。占星家桑博比蒂和宦官曼克拉随行，他们还带了七十五匹骆驼，骆驼身上驮着樟脑、没药、金粉和象牙。途中，桑博比蒂为他讲授星宿的作用和珍贵石头的价值，曼克拉为他唱礼拜仪式上冗长的圣歌，可他对这些并不很感兴趣，总是漫不经心；反而是沙漠边上直挺着身子竖着耳朵的豺狼给了他不少乐趣。

历经十二天的跋涉，巴尔萨泽终于闻到了玫瑰的芳香，很快，环绕撒巴城的公园也出现在他眼前。路上他们看到一群年轻的女孩在盛开的石榴树下跳舞。

“跳舞是一种祈祷。”占星师桑博比蒂说道。

“这些女孩能卖个好价钱。”宦官曼克拉说。

初进撒巴城，遍布城中的五金店、手工作坊和堆积如山的各类商品着实让他们大为惊诧。街道上停满了战车，到处都是搬运工、驴子和驴车夫。他们耗了很长时间才穿过街道，见到巴尔吉丝女王宫殿庄严的大理石围墙，紫色的遮篷和黄金砌就的金灿灿的圆顶。

女王在清香宜人的庭院中迎接他们。院中的喷泉喷射出芳香扑鼻的水柱，水珠散落，犹如珠玉落地般发出清凌凌的响声。

女王身着一件镶满珍珠的长裙，伫立院中，浅笑相迎。

巴尔萨泽顿感局促不安。他觉得她比梦尤甜，比想象的更美艳。

“陛下，”桑博比蒂小声对他说道，“请考虑和女王缔结一份商业协议。”

“陛下，您千万要小心，据说女王会使用法术，让男子对她一见倾心。”曼克拉补充道。

话毕，占星家和宦官俯身行礼，起身退下。

只剩下巴尔萨泽和巴尔吉丝女王了。他想开口讲话，却讲不出一个字，心里揣度着：“我的闷声闷气一定让女王很生气。”

但是女王依旧面带微笑，毫不愠怒。她的声音比最甜美的音乐还动听，巴尔萨泽有生以来第一次听到此般天籁。

“欢迎您，巴尔萨泽国王。请坐在我身边。”她宛若柔荑的手指，像一束白光指向地上的紫色坐垫。巴尔萨泽坐下，长长舒气，双手各抓紧一个坐垫，语气急切地说："女王，我真希望这两个垫子是两个巨怪，是您的敌人，那样我会拧断他们的脖子。"

他讲话时，攥着坐垫的手劲过大，把制作精细的垫子撕裂了，飞出一团雪白的绒毛。有一片细羽毛在空中盘桓了片刻，最后落在了女王的胸前。

"巴尔萨泽国王，"巴尔吉丝脸色绯红地问，"您为什么要杀掉那两个巨怪呢？"

"因为我爱您。"巴尔萨泽回答。

"告诉我，贵国的井水甜吗？"巴尔吉丝问。

"是的，甜。"巴尔萨泽有些惊讶。

"我还很想知道，埃塞俄比亚人民是怎么制作蜜饯的。"巴尔吉丝接着问。

国王不知该如何作答。

"告诉我吧，请讲讲。"女王催促道。

他搜索枯肠，尽力去描述埃塞俄比亚的厨师怎样将榅桲泡在蜂蜜里。但是女王并没有听，她突然打断道："巴尔萨泽王，听说您爱邻国的康达丝女王，她比我漂亮吧？请别骗我。"

"比您漂亮？女王，"巴尔萨泽跪倒在女王脚边，大声喊道，"那怎么可能呢？"

"那她的眼睛、嘴唇，肤色还有喉咙，都是什么样子的呢？"女王又问。

巴尔萨泽向女王伸出双臂,大声说:"要是您将落在胸前的那片小羽毛赐予我,我将献上半个王国和我足智多谋的占星师桑博比蒂以及宦官曼克拉。"

但是女王起身离开,甜美的笑声在空气里徘徊。

当占星师桑博比蒂和宦官曼克拉进来时,他们的国王正陷入深思,而他平素从不如此。

桑博比蒂问:"陛下,您和女王缔结贸易协议了吗?"

当天撒巴女王与巴尔萨泽共同进餐,酌饮棕榈酒。

"真的吗?"进餐时巴尔吉丝又问道,"康达丝女王确实没我漂亮?"

"康达丝女王是黑人。"巴尔萨泽回答。

巴尔吉丝意味深长地望着巴尔萨泽。

"黑人并不一定长相不美。"她说。

"巴尔吉丝!"巴尔萨泽大声喊。

他没有再讲,而是抓紧她的双臂,把女王的额头抵在唇边。他看见女王在流泪,于是像护士爱抚婴儿一般,低声唤她"我的心肝"、"我的小星星"。

他问:"您为何哭泣?我怎么做才能让您不再流泪?您有什么愿望的话,请一定告诉我,我会为您实现的。"

女王不再哭了,却陷入沉思之中。他问了很多遍她有什么愿望,最后女王终于开口了。

"我想要害怕。"

发现巴尔萨泽并没理解自己的意思,巴尔吉丝解释说,很长时间以来她一直渴望能面对未知的危险,但是她做不到，因为撒巴城的男子和神祇始终在监视和守护她。

“可是，”她叹了口气，“我渴望感知夜晚时恐怖抚摸肌肤那种诱人的刺激。我要让我的毛发直竖。哇，害怕是件多么享受的事儿呀！”

她双臂环抱黑人国王的脖子，像孩子一样乞求：“夜晚就要来了，我们化装出城，好不好？”

巴尔萨泽同意了。女王马上跑到窗子旁，透过窗棂望向下面的广场。

“有个乞丐靠着广场的围墙躺着。把您的外套给他，让他把骆驼毛头巾和粗布腰带换下来给您。您抓紧去吧，我马上就装扮好。”

说完，她跑出宴会厅，高兴地边跑边拍手。

巴尔萨泽脱下他绣着金丝线的亚麻外套，将乞丐的衣服紧紧束在身上，看起来真像个奴隶。女王穿着一件田里妇女干活时常穿的蓝色无缝外套。

“走吧！”她说道。

她拉着巴尔萨泽的手穿过狭窄的廊道，一直走到一道面向田野的小门前。

第二章

夜色深浓，黑暗中的巴尔吉丝显得非常瘦小。

她带着巴尔萨泽来到了一家小酒馆，流浪汉、脚夫和妓女是那里的常客。两人挑了张桌子坐下，昏黄的灯光里弥漫着糜烂的味道。桌子底下有人攥着拳头呼呼酣睡。这帮暴徒为了一个女人或者一杯烈酒就会拳脚相加，刀锋相向。酒馆老板躺在一堆麻袋上，谨慎地盯着这群醉鬼。巴尔吉丝看见棚顶的椽子下挂着一些咸鱼，于是对她的同伴说："我很想吃条咸鱼，再加点捣碎的洋葱。"巴尔萨泽点了餐。她正吃着鱼，突然想起来身上没有带一分钱。不过她毫不紧张，心想他们俩一定可以不用付钱，就从酒馆溜之大吉。但是酒馆老板挡住了他们的去路，骂他们是恶奴和贱驴。巴尔萨泽一记重拳将酒馆老板打翻在地。于是一些酒客掏出他们的刀子，在眼前晃来晃去。可是这位黑人男子抓起了一杆捣埃及洋葱的杵子，击倒了两个进犯者，吓退了众人。巴尔吉丝向后退，蜷缩地靠着巴尔萨泽，巴尔萨泽感受到巴尔吉丝身体的暖意，她知道这是他所向披靡的源泉。酒馆老板的同伙们不敢再靠近，从店堂里面拿出油管、锡杯、正烧着的油灯，还有一个刚刚在煮全羊的大铜锅，一起朝巴尔萨泽掷来。大锅砸到了巴尔萨泽的头，发出震碎头盖骨的可怕响声。一阵头晕目眩之后，他终于鼓足全身力气，把铜锅撇了回去，那力道足足是原来的十倍。酒馆里充斥了飞掷撞击的金属声，难以描摹的咆哮和临死的呻吟。巴尔萨泽担心伤到巴尔吉丝，便抱着她穿过幽暗寂寂的走道，逃了出来。夜晚用它的沉静包裹着大地，两位逃亡者听到黑暗里那群酒徒和妇女的吵闹声渐渐远去。后来他们听到巴尔萨泽额头流下的血滴到女王胸脯上的声音。

"我爱你。"女王喃喃说道。

月亮游过一片乌云，散发出光芒。月光下，国王看见巴尔吉丝半闭着的双眼里流淌出银白色的光芒。他们走到河床边，巴尔萨泽突然失足滑倒在青苔上。他们拥抱着，仿佛将永远这样下沉，沉进一个美妙的虚无之乡，现实的世界荡然无存。他们就这样一直沉浸在迷人的虚无中，忘了时间和空间，两相契合，心有灵犀。直到破晓时分，瞪羚来到石头间的缝隙饮水，他们才回到现实。

当时，一队强盗从河边经过，发现了这对躺在苔藓上的恋人。

“他们很穷，”强盗说，“但是很年轻，长得也不错，能卖上大价钱。”

强盗把他们包围了，捆在一起拴在驴尾巴后面，就这样拖着他们上路了。

黑人国王怒火中烧，威胁着要把强盗们弄死。但是在清晨的凉爽空气中瑟瑟发抖的巴尔吉丝却微笑着，好像在对某种看不见的东西微笑。

他们就一直这样走着，心里既害怕又孤单，直到正午的暖阳送来温暖。太阳已经升上了高空，强盗们解开了俘虏的绳子，让他们坐在阴凉处的石头上休息，还扔给他们一些发霉的面包。巴尔萨泽不屑去捡，巴尔吉丝却吃得津津有味。

巴尔吉丝突然大笑。强盗头子问她为什么笑。

她说：“一想到我要将你们全部绞死，我就想笑。”

“真的！”强盗头子喊道，“亲爱的，从你这样一个洗碗妇嘴里竟能冒出这样的话！要是想把我们绞死，肯定得要那位英勇的黑人情夫帮忙喽！”

这样的侮辱点燃了巴尔萨泽的怒火，他向强盗猛冲过去，一把扼住他的脖子，差点把他掐死。

但那个强盗捅了巴尔萨泽一刀，刀子几乎全部没进肚子，只有刀把留在外面。可怜的国王滚落到地，朝巴尔吉丝瞥来垂死的目光后，眼神顿时涣散。

第三章

恰当此时，传来了人群、马跑和武器碰撞的嘈杂声。巴尔吉丝认出来那是忠诚的阿波奈尔正率领护卫队来解救她。昨天晚上他就听说女王神秘地失踪了。

阿波奈尔连续三次俯身在巴尔吉丝脚边，命手下把准备接驾的轿子抬到女王身边。与此同时，卫兵绑住了强盗们的双手。女王转过身，温和地对强盗头子说：“我的朋友，不要怪我信守诺言，我之前说过你会被绞死的。”

占星师桑博比蒂和宦官曼克拉站在阿波奈尔身旁，看见他们的国王肚子上插着把刀，一动不动、毫无意识地躺在地上，不禁被吓得大声喊叫。精通医术的桑博比蒂发现国王仍有呼吸，于是给国王做了临时包扎，曼克拉擦掉了国王嘴角的白沫。他们将他绑在马背上，小心翼翼地往女王的宫殿中走。

之后的半个月，巴尔萨泽痛苦不堪，总讲谵语。他絮絮叨叨地说着冒气的大铜锅和河谷的苔藓，还常常大声呼喊巴尔吉丝的名字。第十六天，他终于睁开了双眼，看见了床边的桑博比蒂和曼克拉，但却没有看见女王。

“她在哪儿？她在做什么？”

“陛下，”曼克拉回答道，“女王正单独和科马热纳国王在一起。”

“他们肯定在商议通商的事宜。”桑博比蒂补充说。“请您不要激动，陛下，否则会加重您的高烧的。”

巴尔萨泽大喊：“我要见她！”

他向女王的房间跑去，贤者和宦官拦都拦不住。快到达女王寝宫时，他看见科马热纳国王从里面走出来，长衣上缀满金子，像是闪闪发光的太阳。巴尔吉丝，面带微笑，双目紧闭，正躺在紫色睡椅上。“我的巴尔吉丝，我的巴尔吉丝！”巴尔萨泽呼喊道。她未曾转过头来，好像是在延长一场美梦。

巴尔萨泽走上前，拿起她的手，却被她猛地抽回。

“你想要怎样？”她说。

“你问我？！“黑人国王双眼含泪地回答。

她冷静又坚定地看着他。

巴尔萨泽恍然意识到女王忘记了全部经过，他提醒她想起在河谷边的那个夜晚。

可女王却说：“国王，我确实不知道您所说为何。您不适合喝棕榈酒，您一定做梦了。”

“什么！”失落的国王来回搅着双手喊道，“您的吻，切入我腹中的刀，这些都是梦？”

女王起身，长裙上的宝石发出冰雹的清脆响声，闪耀着光芒。

她说道："国王，现在是我的议会开会时间，我实在无暇去干扰您痛苦的大脑里的各种梦幻。好好休息吧，再见！"

巴尔萨泽感觉自己要坚持不住了，但为了不在这个狠心的妇人面前暴露自己的脆弱，他竭尽全力撑着。他跑回自己的房间，顿时昏了过去，伤口又裂开了。

第四章

连续三周，巴尔萨泽像个死人一样昏迷不醒。直到第二十二天的时候，他才恢复意识。当时桑博比蒂和曼克拉一同照顾他，醒来后他一把握住桑博比蒂的手，哭喊着："哦，我的朋友们，你们俩一个要变成老头，另一个也差不到哪去，你们多幸福呀！不！世上根本就没有幸福，没有一件好事，爱情是个魔鬼，巴尔吉丝是个恶毒的女人。"

桑博比蒂回答说："智慧能带来幸福。"巴尔萨泽说："我愿一试。不过，我们还是马上启程回埃塞俄比亚吧。"既然已失去所爱，他决心将自己献给智慧，成为一个占星师。纵使这个想法没给他带来什么特殊的欢愉，但也至少让他心平气和。每当夜晚来临，在桑博比蒂和曼克拉的陪伴下，他坐在自己宫殿的露台上凝望着一动不动的棕榈树和月光下像树干一样漂流在尼罗河上的鳄鱼。

“欣赏自然美景的人永不会倦。”桑博比蒂说。

“确实如此，”巴尔萨泽说，“不过，自然界里有比棕榈树和鳄鱼更美好的事物。”他说这话的时候想起了巴尔吉丝。但是，年长的桑博比蒂说：“这就是我以前解释过的尼罗河上升现象，人类生而为了懂得。”

“人类生而为了爱，”巴尔萨泽叹息作答，“总有事物是无从解释的。”

桑博比蒂问：“所指为何呢？”

“女人的背叛。”国王回答道。

巴尔萨泽既已决定成为一个占星师，于是为自己建造了一座观星塔，从塔顶能俯瞰很多王国，望断无垠星空。观星塔是用砖石砌就的，比其他塔都高。历时两年多，耗尽了他父王所有的财富才建成此塔。每个夜晚他都跑到塔顶，在桑博比蒂的指导下观察天象。

“天空中的星座揭示了我们的命运。”桑博比蒂说道。

他回答说：“必须承认的是，这些迹象朦胧隐晦。但是我一研究它们，就忘了巴尔吉丝，这是个不错的奖赏。”

占星师不但教给他深奥的道理，还告诉他像钉子一样固定在天空上的五颗星宿：贝尔、梅洛达克和那波是雄性星宿，西恩和米利塔是雌性星宿。

他接着解释：“银子与月亮神西恩相对应，铁对应梅洛达克，锡对应贝尔。”

尊贵的巴尔萨泽回答说：“这些就是我想获得的知识。在我研究天象期间，我既不想巴尔吉丝，也不想世上的其他事物。科学是有好处的，它能让人不胡思乱想。桑博比蒂，把能够清除人类情感的知识教授给我吧，我会让您成为臣民中最受尊敬的人。”

这也是桑博比蒂教授国王智慧的原因。

他根据阿斯特朗普希克斯、戈布利亚斯和巴塔扎斯的原理教授国王占星术。巴尔萨泽愈观察太阳的黄道十二宫，便愈少想起巴尔吉丝。

曼克拉对巴尔萨泽说：“陛下，巴尔吉丝女王在金灿灿的长裙下面竟然长着山羊一样的叉蹄。”

国王问：“这鬼话是谁跟你说的？”

“陛下，在撒巴城和埃塞俄比亚，大家都这么传，”宦官回答说，“人人都说巴尔吉丝女王的腿毛茸茸的，脚是两只黑脚。”

巴尔萨泽耸耸肩。他知道巴尔吉丝的腿和脚与其他女人的一样，而且非常美，而这些谣言破坏了他对那位深爱着的女人的回忆。他为巴尔吉丝感到悲伤——自己的美丽在那些未曾目睹其人的嘴里竟然被如此玷污。一想到他曾经拥有一个实际上标致异常，却被大家定义为怪物的女人，他就觉得非常反感，再也不愿想起巴尔吉丝了。巴尔萨泽头脑单纯，而爱实在是一种太复杂的感情。

从此以后，国王在巫术和占星术上都取得了长足的提高。他全心全意钻研星体间的联系，占星推算能和桑博比蒂一样准确。

“桑博比蒂，”他问道，“你愿意担保我占星算命的准确度吗?”

贤人桑博比蒂回答说:“陛下,学问永对,而学者常错。”

巴尔萨泽生来具有良好的自然感知力,他说道:

“唯有真实的事物是神圣的,而神圣藏在我们看不见的地方,于是我们寻求真实却徒然无果。不过我发现天空中有一颗崭新的星星,一颗美丽的星星,活生生的。它闪着光,好像神仙在轻微地眨眼。我好像听到了它在呼唤我。幸福、幸福、幸福,在那颗星星下出生的生命一定会幸福。快看,桑博比蒂,那颗美丽灿烂的星星正看着我们呢!”

但是桑博比蒂没有看见那颗星星,因为他根本不想去看。这位充满智慧的老者,并不喜欢新事物。

巴尔萨泽在寂静的夜里独自重复着:

“幸福、幸福,出生在那颗星星下的生命一定会幸福!”

第五章

埃塞俄比亚和周边的王国都盛传巴尔萨泽不再爱巴尔吉丝了。

消息传到撒巴国后,巴尔吉丝女王怒火中烧,好像是巴尔萨泽国王背叛了她。她跑到居住在撒巴城里早已乐不思归的科马热纳王的住所。

女王哭喊道:“我的朋友,不知道您听没听说,巴尔萨泽不再爱我了!”

“那有什么关系呢,”科马热纳王答道,“我们彼此相爱就好。”

“难道你不觉得那个黑人羞辱了我吗?”

“没有,我不这么觉得。”科马热纳王回答。

后来她把他羞辱了一顿,赶出了撒巴城,还召来大臣准备车马,启程去埃塞俄比亚。

“我们今夜就出发,如果日落前没准备好,我就砍下你的头!”

但是女王独自一人时却暗自啜泣。

“我爱他!他不再爱我了,可我爱他。”她发自内心地叹息。

当天夜里,巴尔萨泽正在他的塔上观察那颗神奇的星体。他将视线移向地面时,正好看见远处沙漠上有一列黑色队伍在蜿蜒前行,好像是一队蚂蚁。渐渐地,那群“蚂蚁”一点点变大,巴尔萨泽国王终于能认出原来那些是马匹、骆驼和大象。

巴尔吉丝的队伍到达了埃塞俄比亚城,巴尔萨泽认出了撒巴女王护卫闪亮的弯刀和黑色的马匹,甚至还辨认出了女王本人。巴尔萨泽的内心翻江倒海,因为他知道自己可能会再一次爱上她。那颗星闪现于中天,闪耀着神奇的光芒。巴尔吉丝睡在紫金色相间的轿子里,像那颗星星一样微小明亮。

巴尔萨泽意识到有股可怕的力量将自己引到巴尔吉

丝那里。他痛苦而决绝地扭过头，抬眼继续观察天体。就在此时，那颗星星说话了，它说：

“在至高之处，荣耀归于神；在尘土之地，平安归于善良之人。”

“仁慈的巴尔萨泽王，带上您的没药，跟随我来。我将引领您去见一个孩子，他即将降生在拴着驴子和公牛的马厩里。”

“这个孩子将是众王之王，他将给所有需求安慰的人以抚慰。”

“喔，巴尔萨泽，他在召唤您前去。您的灵魂如您的肤色一样黑，但您的心灵却如赤子般真诚。”

“你经历的一切让他选择了你，他将赐予你财富、幸福和爱。”

“他会对你说：‘享受贫寒，因为乐于此才是真正的富有。’他还会对你说：‘真正的快乐正在于对快乐的舍弃之中。爱我，并通过我去爱万物，因为我即是爱。’”

听着这些话，国王黑黝黝的脸好像沐浴在光芒中，闪现出圣洁的平静。

巴尔萨泽欢欣地听着这番话，他觉得自己好像脱胎成了一个新人。桑博比蒂和曼克拉俯身在他身边，面朝石头拜着。

巴尔吉丝女王注视着巴尔萨泽，她明白那颗装满了神圣之爱的心灵再也不会爱上自己了。她面色惨白，命令队伍马上打道回府。

那颗星星刚刚讲完，巴尔萨泽和他的陪同就从塔上往下走。

备好了没药之后，他们的队伍向着星星指引的方向启程了。他们穿过不知名的城郭，跋涉了很久，那颗星星一直在他们的前方指引方向。

有一天，他们发现自己到达了三条路的交叉口，两位国王走向前来，身后跟着无数随从。其中一位年轻俊美。他问候巴尔萨泽道：

“我叫加斯帕尔，是位国王，我将以黄金作为礼物，送给那个即将出生在犹大伯利恒的婴儿。”

另一位国王也走向前。他年事已高，花白的胡须落在胸前。

“我名叫梅尔基奥，”他说，“我是位国王，我为那位即将教导众人真理的圣婴带来了乳香。”

“你们要去的地方也是我的目的地。”巴尔萨泽说，“我战胜了淫欲，正是这个原因，那颗星星指点了我。”

梅尔基奥说：“我呀，我战胜了骄傲，这是我被召唤的原因。”

“我嘛，”加斯帕尔说，“我战胜了暴戾，所以和你们同去。”

三王一起上路了。那颗他们在东方的苍穹上观察到的星星为他们带路，在他们到达孩子出生的地方后，它静止不动了。看到那颗星星静止在天空中，三王欢欣雀跃。

走进马厩后，他们拜倒在婴儿和他的母亲玛利亚面前，然后打开各自的宝物盒，将黄金、乳香和没药献给了他，正如福音书上所写。

皮荣诺先生

——献给吉尔贝尔·奥古斯丁-梯也利

众人皆知，我毕生致力于埃及考古事业。如果我说自己后悔从事这番被召唤的事业，这对我的祖国、我的学科以及我自己都是莫大的不敬。我从来不枉费工夫，这可不是我自吹自擂，我的那篇《关于卢浮宫中一把埃及镜柄的论文》仍然广为引用，而这只是我涉足考古领域的初期研究成果。

1851年在挖掘塞拉皮斯庙时，我对在庙中发现的一个铅球做了细致入微的研究。不得不说我非常满意这项研究，因为它为我打开了通往法兰西研究院的大门。

这项研究让我得到了很多新同事的赞美，饱受鼓舞的我有一阵子还想全面掌握托勒密·奥乐特(公元前80—公元前52)统治时期仍然使用的亚历山大度量衡。不过，我很快就意识到那些思维深睿的学生根本无法研究如此宽泛的课题，而且一旦展开研究，很难不使科学遭受各种非议的风险。我发现在同时钻研几种课题的时候，我就能超越考古学的基本定律。如果我今天承认自己的错误，坦承一个野心勃勃的课题在我心里唤起的热情，那么我这样做的目的就是提醒年轻人，让他们以我为例，战胜幻想。幻想是我们的劲敌。一个不能粉碎幻想的学生，将永远不会学有所成。每每想到我对冒险的狂热将我深陷于此，我就浑身颤抖，差一点我就去研究历史了，那可真不像话呀！我竟差点陷进艺术之中！因为历史只是一门艺术，或者一门伪科学。当今大家都知道历史学家比考古学家出现得早，就像占星师先于天文学家，炼丹术士先于化学家，猴子先于人类出现一样。谢天谢地！我只是吓了一跳而已。

我要说的第三部作品是我缜密研究后的成果。那是一篇专题论文，标题是《从一幅未示人的画作谈中王国时期的埃及妇女服饰》。在该文的处理上我尽量不让自己误入歧途，不添加标新立异的想法。我警惕那些批评、对比和观点，就是这些东西把我的同行极具价值的发现弄得一团糟，但是这样一部严谨缜密的作品怎么会有那么怪异的命运呢？到底是怎么回事呢，这作品竟成了快把我搞得精神失常的病根？我们不要胡乱预测，也别混淆了日期。我的论文将在五所学校的公共课堂上宣读，这样的机会落到我们这一学科上非常罕见。前几年，这样的学术会议上会有很多打扮入时的人士参加。

那天出席我演讲的嘉宾都非常尊贵，女士云集，她们漂亮的脸庞和明艳的打扮将美术馆照耀得熠熠生辉。大家满怀敬意地听我演讲，没有人无知而聒噪地打断或扰乱，要知道，文学作品的演讲可是经常出现这类情况。不仅如此，听众们表情严肃，神态庄重，他们的神态与我所讲的作品风格和谐一致。

为了明确地阐述论文的观点，我在段落间做了停顿，故而有时间透过镜片观察整个大厅。可以说，没有一个人的嘴唇上挂着一丁点的微笑，即使最明媚年轻的脸庞也神情严肃，仿佛施了魔法一般，全场听众的才智都被论文催熟了。在我朗读时，偶有几处有年轻人在窃窃私语，可能是正在探讨论文中所提及的个别观点。

甚至，坐着北区观众台左角上的一位二十出头的妙龄美女在全神贯注地听讲，认真做笔记。她容貌娇美，表情灵动，听我演讲时的专心致志为她独一无二的脸庞又增添了几分魅力。她不是一个人来的，身边陪着一个肚大腰圆的大汉。那汉子留着黑色长发，蓄着亚述国王一般的卷曲长胡子，时不时低声和她说话。起初我的注意力是辐射到全场所有听众，渐渐地全部都集中在那位年轻小姐一人身上了。我承认，她引起了我的兴趣，我的同行说我这样的榆木疙瘩对女人肯定是不开窍。不过我确信要是遇到我此时的情形也一定不会无动于衷。我继续讲，她则在小本子上写写画画。她听论文的时候，你能看出她情感的矛盾性波动，从满足和喜悦转变为惊奇和焦虑，我对她越来越好奇。谢天谢地，我只在那一天，在那个圆屋顶下面看见过她！

我差不多读完了，顶多剩下二十五到三十页，我的目光突然与那位留着亚述胡子的男子狭道相逢。我怎么和你解释那时发生了什么呢，连我自己都想不清弄不明。我只能说对他的这一瞥，又一次把我推进了一种难以言喻的心烦意乱中。他的绿眼睛盯着我，我无法把目光移开，呆愣在那儿，哑口无言。我停止朗读，听众们开始鼓掌。我用尽全力依然无法把我的目光从那两只灯泡般的眼睛上移开，好像被神奇的力量铆在了一起。这还不算完，一个与我一贯奉行的原则背道而驰，一个更加奇怪的现象出现了——我开始了自由发言！上帝知道这是不是出于我本心。

在一种陌生、怪异又无法抵挡的力量的影响下，我饱含热情地讲述着通过年龄审视女性着装的哲学评论。我洋洋洒洒地谈论、概括、总结。上帝宽恕我吧！我侃侃而谈的是女性的永恒之美和她们的欲望。那欲望飘渺得犹如藏在女性装饰美貌的芳香面纱之后气若游丝的香气。

留着亚述胡子的汉子牢牢地盯着我，我则继续侃侃而谈。最后，他垂下了眼帘，我也停下了讲话。这段自由发挥与我的天性大相径庭，与我的科学思维背道而驰，竟然还得到了雷鸣般的掌声，实在让我觉得丢脸。那位坐在北区观众台的年轻小姐也面带微笑地鼓掌。

在我之后上演讲台的是一位法兰西学院的院士，看起来排在我后面宣读论文让他有点不快。也许他多虑了，毕竟在他念论文时，听众并没有特别不耐烦。我发现他的论文是用韵文写的。

会议结束后，我和几位同行一起走出大厅，他们再次真诚地祝贺我，我则努力相信这份真诚。

我们在台阶平台上的克鲁佐狮子边停留一会儿，和同僚们互相寒暄时，我看见那个大胡子汉子和那位年轻小姐坐进了一辆双座马车。正巧我旁边站着一位口才横溢的哲学家，听说他既熟稔世俗的人情世故，也精通宇宙的高妙理论。那位年轻小姐从车窗里探出她秀气的脑袋，伸出小手，喊着我朋友的名字，用略带英国腔调的声音说道：

"亲爱的朋友，您把我忘了，这可太糟糕了！"

马车走远后，我向那位著名的同行打听这位迷人的女子和身边的陪同到底是何许人。

"什么！"他回答道，"你竟然不认识摩根小姐和他的医生达欧！达欧医生用磁铁、催眠术和暗示疗法治好了所有疾患。安妮·摩根是芝加哥最富有的商人之女，两年前和母亲一起来到巴黎，在皇后大街上修建了一座奇妙的宅邸。她受过良好的教育，非常聪明。"

"您果真没让我失望。"我回答道，"我有理由相信这位美国女子有一种极认真的品质。"

我那位赫赫有名的同行和我握手时，面带微笑。

我走回圣雅克大街的家里。那是一套陋室，我坐在工作台前，能望见卢森堡公园里树木的顶梢。我在这里已经住了六年了。

我坐在写字台前勤勤恳恳地工作了三天，眼前是一尊长着猫头的帕克特女神雕像。这尊小纪念雕塑上面刻着被葛雷博理解错了的文字。我当时正致力详实地去解释和评论这些文字。研究院里的事故给我留下的印象并没有大家担心的那么可怕，它并没让我经久不忘或常常介怀。说实话，我甚至都有些淡忘了，要有新情况发生才能勾起我的这段回忆。

因而，这三天里，我有充裕的时间将阐述和评论打磨到令我满意。只在停下来看报纸时，我才会中断自己的考古工作。报纸上写的全都是对我的溢美之词。

与学识八竿子打不着的报纸也长篇累牍地讲那个结束我论文时“颇具魅力的一段”，“这是一种启示，”还有，“而且皮荣诺先生已经为我们准备了一个十分切合心意的惊喜。”我不明白自己为什么会看这些琐碎的东西，因为我向来毫不关心报纸上有关我的评论。

三天的研究快要接近尾声时，门铃响了，吓了我一跳。我从铃声里听出拽动门铃绳的动作里夹杂着的迫切、奇妙和怪异，心里局促不安，于是我惴惴不安地走过去开门。在楼梯平台上看见谁了呢？是那位最近正迷上阅读我论文的年轻的美国小姐，是摩根小姐本人。

“皮荣诺先生？”

“正是。”

“即使您没穿那件绣着绿色棕榈叶子的漂亮外衣，我还是立马就认出您来了。但是，您可别为了我再去穿上，我更喜欢您穿着睡衣时的样子。”

我带她走进书房。她好奇地打量着纸莎草文稿、书籍和从墙壁覆盖到天花板的各种零零碎碎的东西，然后安静地观赏了一会儿放在我写字桌上的帕克特雕塑。

最后开口说道：“她很迷人。”

“小姐，您指的是这尊小塑像吗？实际上，它表现出了很奇特的铭文特点。但是，我可以请问为何我能荣幸地让您光临寒舍呢？”

“噢！”她回答道，“我一点都不关心它杰出的铭文特点，这精妙的猫脸实在是举世无双。您肯定认为她是一尊女神，是吧，皮荣诺先生？”

我反驳了她毫无价值的怀疑。

“相信的话就是物神崇拜。”

她瞪着绿色的大眼睛吃惊地看着我。

“啊，这么说您不是物神崇拜者咯？我不相信一个考古学家会不崇拜物神。如果您不认为帕克特是一位女神，您又怎么会去研究她呢？不过，都无所谓。我是为了一件至关重要的大事来您这儿的，皮荣诺先生。”

“至关重要？”

“对，一套服装。您看着我。”

“很乐意。”

“您没看出我的侧面有古实[①]人的特征吗？”

我不知该如何作答，这样的一种来访对我而言实在是太陌生了。

“嗨，没什么可奇怪的。”她接着讲，“我记得我曾经是埃及人。那么，皮荣诺先生您也曾是埃及人吗？难道您不记得了吗？真奇怪！您至少确信我们经历过一系列连续的化身吧？”

“我不知道。”

“皮荣诺先生，您让我非常意外。”

“小姐，您能告诉我，我因何有幸能……”

“确实，我还没告诉你我来这儿是请您帮我设计一套埃及服装呢，我要穿着它参加N伯爵夫人的化装舞会。我想要一套准确、真实而且感觉惊艳的服装。为此我花了不少工夫，皮荣诺先生。我搜肠刮肚，因为我清楚地记得六千年前我曾住在底比斯。我让人从伦敦、布拉克和纽约把设计图样寄了过来。”

“当然，图样更可信。”

“不，什么也比不上一个人的直觉。我也曾经到卢浮宫的埃及博物馆里研究过，里面尽是迷人的东西。那里的女子，身段窈窕，侧影纤细，胜似花朵。但是刚柔并济，

① 古实，圣经旧约将埃塞俄比亚按希伯来语(Cush)翻译成“古实”，代表“埃及南面的整个尼罗河流域，包括苏丹和埃塞俄比亚。古实王朝曾统治埃及。

二者兼具。还有一个像萨尔西的贝斯神！上帝呀，那里的一切都是那么美好！”

“请原谅，小姐，我还是不明白……”

“我还没有讲完呢。那天我去听您关于中王国时期一位埃及妇女服饰的论文了，还做了笔记。您的论文很枯燥，不过我还是努力研究了一下。在这些笔记的帮助下，我设计了一套服装，但是现在还不算准确，所以我来到您这儿，请您帮我修改，明天一定要到我那里去呀！您会吧？看在我对埃及的热爱上，您一定要赏光啊！您会来的，对吧？明天！我得抓紧走了，妈妈还在马车里等我呢。”

她刚说完最后几句话就消失了，我跟在她后面出去。我走到门廊时，她已经走到楼梯下面了。我站在上面听见她清脆的声音：

“明天见！布洛涅森林大街上萨义德别墅。”

“我才不去这个疯女人家里呢。”我自言自语。

第二天，下午四点钟我按了她府邸的门铃。仆人把我引到一间宽敞明亮的大厅里，那里堆满了图画、大理石或铜质塑像，一乘涂过马丁漆的轿子里放满了瓷器、秘鲁木乃伊、士兵和身披甲胄的战马模型，共计十二座。比他们高出一大截的是一个肩上生着白翅膀的波兰士兵和一个法国骑士。法国骑士身披甲胄，头盔上是一个带着圆锥高帽、遮着面纱的女人头像。

大厅的配制箱里长着一棵浓密的棕榈树，树叶在摇曳着。大厅中央还放置了一座巨型的金佛，佛像脚边坐着一位衣着褴褛的老妇人，她正在读《圣经》。

当紫色垂帘被抬起，摩根小姐穿着缀有天鹅绒毛的睡衣出现时，我仍被这些神奇的东西弄得目眩神迷。她向我走来，身后跑着两条高大、长着长胡子的大猎狗。

“皮荣诺先生，我就知道您肯定会来。”

我结结巴巴地奉承她。

“怎么能拒绝一位如此迷人的女性呢？”

“噢，人们对我有求必应可不是因为我的美貌，我有一个秘密武器能让人们听从我。”

然后，她指着那位正在读书的老妇人对我说：

“别管她，她是我妈妈，我就不介绍给您了。即使您跟她说话，她也不会搭理您的。她信奉一个神秘的宗教，那个教派禁止一切非说不可的谈话。这是一个新出现的教派，信众都穿粗布衣服、在木盆里吃饭，我妈妈十分享受这些小仪式。但是您肯定猜到了我让您到这儿来不是谈论我妈妈的，我一会儿就穿上埃及服装。您就先瞧瞧这些小玩意儿吧。”

她让我坐在一个柜子前面，柜子里有一具木乃伊、几件中王国时期的小雕塑、许多圣甲虫宝石，还有几篇漂亮的葬礼仪书残篇。

就自己一个人时，我饶有兴趣地观察砂纸草仪书，因为书上写着的一个名字我在一枚印章上也曾见过，那是国王塞蒂的印章。我马上记录下这部文献体现出的各类有趣的特点。

我沉浸在这其中的时间比我估计的还要久得多。一种特殊的直觉提醒我身后有人,我回过头,看见了一位尤物。她头上戴着一件金鹰的饰物,一件白色的紧身衣将她纯洁美妙的身体曲线勾勒得尤为曼妙。紧身衣外面套着一件水粉色的束腰长裙,腰部系着一条宝石腰带,裙子在腰下披散开来,呈现均匀的褶皱。她裸着手臂和双脚,手指上带着戒指。

摩根小姐站在我面前,头向右肩倾,姿势庄严,为她的靓丽增加了几许难以言说的神圣。

“怎么!这是您吗,摩根小姐?”我喊道。

“除非是娜菲鲁拉本人。您记得吗,勒孔特·德·李勒笔下的娜菲鲁拉,太阳一般美丽……

‘躺在处女床上的她毫无光彩,裹着细布,脸色惨白’

“您当然不知道,您对诗歌一窍不通,这诗实在是美妙!来吧,我们工作吧!”

我控制住激动的心情,给这位迷人女子靓丽的服装提了一些建议。我敢对诸多细节提出质疑,这和我考古学的精确性相去甚远。我建议把戒指上的宝石换成中王国时期广泛流行的物品。最后,我坚决反对用景泰蓝搭扣,这件珠宝成了一个非常不符合时代的累赘。我们同意用一枚徽章代替它，徽章上有个小金洞，里面镶着精美的宝石。她温顺地听我讲话，好像对我很满意，还留我吃晚饭，我借故自己日常饮食简单告辞了。

走到前厅时，听见她从后面喊：

“喂，我的服装够漂亮吗？N伯爵夫人的舞会上我能把别人气疯了吧？”

听到这话后我惊呆了。可是，当我回过身，再次看见她时，我又一次陷进了她的咒语里。

她叫我回来。

“皮荣诺先生，”她说，“您可真可爱！给我写个小故事吧，那样我会很爱您，很爱您，一直爱您。”

“我不会写。”我回答道。

她耸耸肩惊呼：“如果科学不能帮助您写个故事的话，那科学有什么用呢?！皮荣诺先生，您一定得给我写个故事。”

想到再次重申我的拒绝也是无济于事，我没吭声地走了。

我和那个大胡子达欧医生在门口擦肩而过。在法兰西学院的圆屋顶下，他的目光曾让我倍感手足无措，他给我留下了粗俗鄙陋的印象，我实在是不愿意再看见他。

N伯爵夫人的舞会是在我那次拜访的半个月后举办的。看到报纸上说漂亮的摩根小姐穿着娜菲鲁拉的服装引起轰动时，我一点都不觉得惊讶。

1886年接下来的时光里，我再没听别人提起过她。

但是新年的第一天，我正在书房里写东西时，一个男仆给我送来了一封信和一个篮子，他告诉我“摩根小姐派我来的”，然后就走了。

篮子放在了我的写字台上，我听见里面发出“喵喵”的叫声。我打开篮子，从里面蹦出了一只小灰猫。

它不是安哥拉猫，它比我们的猫瘦长，是东方品种。根据我的判断，它长得酷似在底比斯地下墓地里发现的同类猫，墓地里有很多这种用粗绳子捆着的木乃伊。它抖抖身子，扫视四周，弓弓背，哈欠连天，然后走到摆在我桌子上的高昂着纯洁秀美脸孔的帕特拉女神身边，靠着她扑哧扑哧地蹭着浑身的毛。尽管它毛色灰暗，毛发短小，但仍不损优雅，露出一副聪明温顺的神态。我想不明白为什么猫会奇妙地出现在这儿，摩根小姐在信中也没有明说。她信里的内容如下：

亲爱的先生：

我非常喜爱这只小猫，它是达欧先生从埃及带回来的，我把它送给您。请为了我，好好对待它吧！波德莱尔，这位斯台法纳·马拉美之后产生的最伟大的法语诗人曾经说过：

严肃的学者，还有热烈的情侣，
在其成熟的季节都同样喜好，
强壮又温柔的猫，家室的骄傲，

像他们一样地怕冷，简出深居。[①]

我本没必要提醒您应该为我写个故事，并在主显节那天送给我，我们将共进晚餐。

安妮·摩根

附注：您的小猫叫波路。

读完信，我看着波路，它的两只后腿直立着，正舔着它神圣的姐姐帕特克黑色的脸。它看着我，而且我必须承认，我们俩之间那个不觉得怎生奇怪的竟然是它。我自忖："这到底是什么意思？"不过我很快就不再去想了。

"我真是太厉害了，竟然到一个近乎疯癫的年轻女子的疯狂举动中探究意义。"我自忖，"还是工作吧，让女管家马格洛伊尔太太去照顾这个小家伙吧！"

我继续自己的编年体工作，这项工作给我带来了更多乐趣，因为它给了我机会去超越我杰出的同行马斯佩洛先生。波路不肯离开我的桌子，它蹲在上面，竖起耳朵，看着我写东西。说来莫名其妙，那天我都没写出什么好东西。我思维混乱，脑袋里装满了各式各样的童话奇谈。上床睡觉时，我感到非常不满意。第二天早晨，我又看见波路坐在我的工作台上舔着爪子，这一天我的工作效率依然出奇地低。我们将珍贵时间花在了彼此对视上。第二天、第三天，整个一周就这么过去了。我本该因此感到

① 选自波德莱尔《恶之花》之《猫》，郭宏安译，华夏出版社。

痛苦，但我必须承认我渐渐适应了这种状态，而且还有几分享受。一个正直的男人堕落起来是如此之快呀！主显节是星期日，那天早晨我精神抖擞地起床，奔向工作台。波路和以前一样，已经在那儿等着我了。我打开一册漂亮的白纸本，将钢笔蘸进墨水瓶里，然后在这位新朋友的注视下，用大大的字母写下：《一位独眼搬运工的悲惨遭遇》。

之后，我没有再看波路一眼，一整天都以惊人的速度写这个神奇又引人入胜的故事，它太有趣、太好玩了，连我都被吸引了。我笔下的搬运工把包裹弄混了，还犯下了十分滑稽的错误。一位恋爱中的人在关键时刻得到了他的帮助，而他自己却毫不知情。他把衣柜搬到了另一家，柜子里藏着人，把那家的老太太吓坏了。但是怎么来讲述一个这么有趣的故事呢？写作过程中，我情不自禁地大笑了二十多次。至于波路，它没有笑，不过它肃穆的表情反而让人觉得更愉快，更好笑。我写完这个快乐的故事的最后一行字时，已是晚上七点钟了。六点钟后屋子仿佛被波路双眼发出的光照亮。我在黑暗中写故事和在明亮台灯的照耀下一样安然自若。故事写完了，我开始穿外衣。我套上了件黑色西装，系上白领带，和波路告辞，匆匆下了楼梯来到街上。

“叔叔，您像一个梦游者似的，这是要跑去哪里？”

是我的侄子在和我打招呼。他是个诚实、聪明的年轻人，“硝石制造所”医院里的一位外科医生。人们都说他未来的医学生涯前途无限。其实，如果他能更加防范他那些奇思妙想，他还能更聪明。

“怎么了？我正要去摩根小姐家，把我刚写完的故事给她送过去。”

“什么？叔叔，您也写故事，而且还认识摩根小姐？她非常漂亮。您认识那位和她形影不离的达欧医生吧？”

“冒牌医生！江湖郎中！”

“可能是吧，但毋庸置疑他是个非常杰出的实验家。无论是伯恩海姆、李埃热瓦还是夏尔科本人都没能获得他随意制造的奇异效果。他不借助接触或者直接的媒介，只用一个动物作媒介产生催眠暗示，将人诱导入催眠状态，他常常用短毛猫来做试验。

“他的实验方法是：暗示给猫一个行为，然后将猫装进篮子里送到他想施加影响的目标对象那里。猫将它收到的信息传递出去，在其影响下的目标对象就会按照操纵者的愿望行事了。”

“这是真的吗？”

“是真的，叔叔。”

“那么摩根小姐能从这些奇妙的实验里得到什么好处呢？”

“摩根小姐雇佣达欧医生为她工作，用催眠术和暗示让人们干蠢事，好像她的美貌还难以令她满足。”

我没有花时间继续听他讲，一股难以抗拒的力量催促我赶紧朝摩根小姐家走去。

普　托

——献给乔治·布朗德斯

第一章

“那座我们儿时的花园，”贝尔热雷先生说道，“走二十多步就能穿越的花园，是我们的整个世界呀，充满了欢笑和惊喜。”

“吕西安，你记得普托吗?”佐伊轻问道，她面带微笑，双唇紧抿，忙着做女红。

“我怎么会不记得普托？在我儿时见到的所有人中，他的模样我一直记忆犹新。他的相貌和性格深深地烙在我脑海里，他脑袋尖尖的……”

“低矮的额头。”佐伊小姐补充道。

姐弟二人语气单调，神情严肃，你一言我一语地回忆和“背诵”那些有关体貌特征的条目：

“低矮的额头。”

“斜视眼。”

“诡谲的眼神。”

“眼角上有鱼尾纹。”

“颧骨凸起，又红又亮。”

“耳朵不卷曲。”

“面无表情。”

“他的双手总是在动，表达想法。”

“瘦削，有点佝偻，看起来很虚弱……”

“其实挺强壮。”

“轻而易举地就能用拇指和食指把一枚五法郎的硬币弄弯。”

“拇指非常粗实。”

“说话慢吞吞的。”

“言语总是非常温和。”

贝尔热雷先生突然激动地喊道：“佐伊，我们忘了他‘黄色头发、毛发稀疏’，我们再重新捋一遍！”

波琳惊诧地聆听这些奇怪的复述，询问他父亲和姑妈为何他们能把这么零散的东西牢记在心，还能像背诵连祷文一样顺畅流利。

贝尔热雷先生严肃地回答说：

“波琳，你刚才听到的是贝尔热雷家族的一篇文章，在我看来几乎是一篇祷告文。应该把它传授给你，免得它被你姑妈和我带到另一个世界。女儿，你的祖父，埃洛瓦·贝尔热雷先生是一个最不容易被糊弄的人，他非常看重这段文字，主要是因为它的缘起非常重要。他把这段文字称为‘普托的解剖’。他常说比起加斯梅普雷南的解剖他更喜欢‘普托的解剖’。他说过：‘如果说克塞诺马纳的描述是因为使用了生僻、华丽的辞藻显得渊博深邃，那么普托的描述以其明晰的思路和简洁的文体更胜一筹。’他是如此评价的，那个时候图尔地区的勒杜布尔博士尚未对拉伯雷《巨人传》里第四部分的第三十、三十一、三十二章做诠释。”

“我没听明白。”波琳说道。

“那是因为你不认识普托，我的女儿。你应该知道，普托是我和你佐伊姑姑童年生活里最熟悉的一个人。在你祖父家里，大家无时无刻不在谈论普托。人人都确信自己见过他。”

波琳问：“普托是什么人？”

贝尔热雷先生没有回答，而是大笑，佐伊小姐也紧抿双唇，笑了。波琳看看父亲，又看看姑妈。看见姑妈和父亲笑得那么默契，情趣相投，她顿感怪异。这的确是件怪事，要知道这对姐弟的性情可是迥然有异。

“爸爸，告诉我，普托到底是什么人？你不是想让我知道吗，快告诉我吧！”

“我的女儿，普托是一个园丁。他是一位老实的农人之子，在圣奥梅尔以培植树苗为生。但是他总不能让顾客满意，因此生意不好。后来他放弃经商，开始做短工，但不是每位雇主都满意他的服务。”

说到这儿，贝尔热雷小姐笑得更开心：

“吕西安，你记得吗，咱们的父亲找不到办公桌上的墨水、羽毛笔、封蜡和剪刀时，他就说：‘我怀疑普托来过这儿。’”

“啊，”贝尔热雷先生说道，“普托的名声不太好。”

“就这些吗？”波琳问。

“不，我的女儿，怎么可能就这些呢？我们认识他，熟悉他，但是值得注意的是……”

“根本就没有这个人。”佐伊说。

贝尔热雷看着他姐姐，眼神里流露着责备。

“说什么呢，佐伊？你干嘛这么扫兴？你敢说没有普托这么个人吗？佐伊，你敢肯定吗？在你声称普托根本不存在，从来没出现过的时候，你是不是该考虑下存在的状况和方式？姐姐，普托是存在的，不过是一种特殊的存在。”

“我越来越不明白了。”波琳气馁了。

“我的女儿，你马上就能弄明白了。普托生下来就是个大人。那时我还很小，你姑妈还是个小女孩，我们住在圣奥梅尔郊区的一个小房子里。我们的父母过着平静的隐居生活，直到有一天被一位叫科尔努埃的太太发现。那位太太住在离城市五里路远她自己的蒙布勒兹庄园里，她是我们母亲的姑奶奶。利用长辈的权利，她坚持让我父母每周日都到蒙布勒兹去共进晚餐，而我父母非常厌烦这样做。但是科尔努埃太太说礼拜日与家人一起吃饭是一种礼貌，只有出身低微的人才不遵从这一古老习俗。我们的父亲在蒙布勒兹无聊透顶，他的绝望让人不忍目睹，但科尔努埃毫无察觉，她什么都看不见。我们的母亲要勇敢一些，虽然她和父亲一样深受折磨，可能比他还煎熬，但她总是面带微笑。”

“女人生来即为受苦。”佐伊说。

“佐伊，尘世间的生命都注定要受苦受难。我们的父母无论怎么拒绝邀请都是徒劳。每个周日下午科尔努埃太太都来家里接他们。去蒙布勒兹成了他们的一项义务，无法逃避的义务。这是一种已定的秩序，只有反抗才能打碎桎梏。父亲终于反抗了，发誓再也不接受科尔努埃太太的任何邀请，于是，他把搜罗的各式各样得体的拒绝理由的任务交给了母亲，而她最不擅长这一点，她不知道怎么瞎编。”

“吕西安，我该说她不愿意瞎编，她可以和别人一样说些小谎。”

“确实是，有好的借口时她会用，这样就不必编造不好的借口了。姐姐，你记得吗，有一天在饭桌上，母亲说：‘幸亏佐伊得了百日咳，我们最近可以不去蒙布勒兹了。’”

“这倒是真的！”佐伊附和。

“等你病好后，科尔努埃夫人有一天跑来对母亲说：‘亲爱的，我期待周日你和你丈夫能到蒙布勒兹吃晚饭。’我们的母亲，受丈夫之托，要找到一个可行的理由推掉科尔努埃太太的邀请，紧急关头，她编造了一个借口。‘我很抱歉，但我们实在去不了，周日园丁要过来。’

“听见母亲这么说，科尔努埃夫人从客厅的落地窗望出去，看到屋外荒芜的小花园，花园里的卫矛和百合看起来根本都没见过修剪刀，可能永远也不会知道。‘园丁要来，做什么呢？——在花园里干活？’

“母亲不经意地把目光投向那块她叫做花园的野草和植物疯长的小块方形土地，沮丧地发现自己的借口实在是没有说服力。

“‘这个人’科尔努埃太太说道，‘完全可以星期一、星期二来你的……花园干活，这样更好些，周日应该休息。’‘他一整周都工作。’

“我发现最荒谬、离奇的理由往往最不容易招致反对：它们总是让对方大惑不解。科尔努埃太太非常固执，没想到这件事上竟然毫不坚持就放弃了。她从沙发上起身，问道：‘宝贝儿，你的园丁叫什么名字？’

“‘普托’，母亲毫不迟疑地答道。

“普托的名字就这么定了。从那时起，他就确有其人了。科尔努埃太太离开的时候，嘴里还嘟囔着：‘普托！普托！我一定认识他，可我怎么想不起来了呢，他在哪住？’

“‘他干短工。有人要用他的时候就到这户人家或那户人家去找他。’

“‘我就猜到会是这样，懒汉，流浪汉，一无是处，宝贝儿，千万别相信他。’

“从那刻起，普托就有了性格。”

第二章

古宾先生和让·马尔多先生来访，贝尔热雷先生跟他们说了谈论的内容。

“我们正在说我们的母亲在圣奥梅尔取了一个人名，这个人名很快就被人们信以为真。此后，他就真实存在了。”

“亲爱的大师，您能重复一下这个故事吗？”古宾先生一边擦拭他的夹鼻眼镜一边问道。

贝尔热雷先生回答说：“非常乐意。根本就没有什么园丁，完全没这么个人。我们的母亲说：‘我要等园丁来。’于是就有园丁这个人了，他活了。”

古宾先生说：“尊敬的大师，既然没这么个人，他怎么又活了呢？”

“他有某种存在方式。”贝尔热雷先生回答。

“您是指想象的存在？”古宾响声回答，语气轻蔑。

“难道想象中的存在就毫无意义？”大师喊了起来，“那些神话人物不是能对人类产生影响吗？想想神话，您就明白了，神话中的人物都是现实中想象出来的，他们是虚幻的，却对头脑产生十分深刻、持久的影响。时时刻刻都有这样的人，他们的真实性还不及普托，却长久激起人们的爱憎，恐惧和希望，劝解罪犯，获得祭品，还制定法律和风俗。古宾先生，想想不朽的神话吧！普托是一个虚构人物，我承认，他是那种地位卑微，寂寂无闻的小人物。

粗犷的森林之神[1]，他以前坐在我们北方农民的饭桌上，后来人们觉得他值得出现在约尔达昂的画作[2]和拉封丹的寓言里。西科拉克斯毛茸茸的儿子进入了莎士比亚的杰作。普托没那等运气，他将永远遭到诗人和艺术家的忽视。他既不伟大也非异类，他诞生于识文断字，理性十足，却想象力匮乏，无力播撒迷人神话的人类之中。先生们，我想我说的够多了，足以让你们了解普托的真实个性了。”

古宾先生说：“我懂了。”贝尔热雷先生继续说道：

“普托确实存在。我确定，他的确存在过。先生们，请想一想，你们就会确信存在不只指实体的存在，而是意味着和实体之间的关联，仅表达一种关系。”

让·马尔多先生说：“毋庸置疑，但是没有实体的存在和根本不存在毫无二致。我忘了是谁说过这么一句话：‘我是存在的那个人。’请见谅，我记性不太好。一个人不能记住所有事，但是说这话的人非常帅。他想用这句有失慎重的话告诉人们他没有属性，而且否定所有的关系，他宣称自己根本不存在，轻率地抹杀了自己。我敢打赌，此言一出，再也没人谈论过他。”

“你错了，”贝尔热雷先生反驳道，“他用了大量形容词来抵消这句傲慢自大的宣告造成的坏影响，人们也经

① 森林之神，长着羊蹄和羊角的半人半兽物。
② 指约尔达昂的画作《林神和旅行者》。

常谈论他，而且是在对他不予置评的情况下。”

古宾先生说：“我不明白。”

“您没必要明白。”让·马尔多先生答道。他请贝尔热雷先生再谈谈普托。

“您真是太好了，让我继续讲普托的故事。”大师继续说道，“普托生于十九世纪下半叶的圣奥梅尔。如果他早几个世纪诞生在阿登森林或罗塞利的昂德森林，那他的命运就顺遂多了，可能是一个才智超群的邪恶神灵。”

“古宾先生，请喝茶。”波琳说道。

“那普托是一个邪恶神灵吗？”让·马尔多先生问。

“他邪恶，”贝尔热雷先生说，“从某方面看，确实如此，但是也不完全邪恶。他和那些邪恶的魔鬼差不厘，但是你和他们接触得多了，也是能发现不少他们的优点的。我相信人们对普托可能有些不公。科尔努埃太太对所有事都很少感到满意，她对普托心怀芥蒂，乍听我母亲说起他的名字就怀疑他是个流氓、酒鬼，甚至小偷。她还想到如果雇佣普托到她的花园里干活，而不用那些名声好价格高的园丁，是不是会更好。要到修剪紫杉的季节了，她寻思贫寒的爱洛娃·贝尔热雷太太付给普托的钱不多，那富足的她可以给得更少，富人付的钱比穷人付的少在当时是惯例。她看见了自己被修剪成篱笆状、球形和金字塔形的紫杉，而她在这上花的钱并不多。她说：‘我会看着他的。不会让普托偷懒，偷东西。不用冒险，就好处多多。流氓有时候比本分老实的工人更能干。’她决定试一试，便对我们的母亲说：‘宝贝儿，让普托去我那儿，我给他在蒙布勒兹安排活干。’母亲倒是很乐意，但这完全办不到。科尔努埃太太在蒙布勒兹苦等普托，却等来一场空。她打定主意，从不轻易放弃自己的想法。她再见到母亲时，抱怨没有普托的音信。‘宝贝儿，你没告诉普托我在等着他干活吗？’‘我告诉他了。但他那个人非常奇怪。’‘噢，我太了解这种人了。我对普托了如指掌。还没见过这么懒散的人，居然不去蒙布勒兹干活。我家可是很有名气的。我的宝贝，普托一定会乖溜溜地来听我的吩咐，很快就会来的。你把他的住址告诉我，我去找他。’我们的母亲说她不知道普托住哪，别人也不知道他住哪，他根本没家。‘夫人，我没再见过他，我想他藏起来了。’她还能说什么更好的吗？

“科尔努埃太太听母亲这么说，心里起疑，她怀疑母亲怕失去普托或怕普托日后涨工钱故意骗她，让别人找不到她。她觉得母亲特别自私。世界公认的很多判断都是被历史审判的，和这件事情一样，很是主观。”

“这是真的。”波琳说道。

“什么是真的？”佐伊半睡半醒地问道。

“历史常常做出错误判断。爸爸，我记得您曾说过：‘罗兰夫人天真地祈祷拥有公正的子孙后代，但是她却没觉察到，如果她的同代人都是生性恶毒的猴子，他们的后代也依然是恶毒的猴子。’”

佐伊严肃地问：“波琳，你刚才说的和普托有什么关系吗？”

“姑妈，它们二者关系非常大。”

“我不明白。”

贝尔热雷先生不反对离题，他回答女儿：

“倘若世上所有的不公都能得以纠正，人们为了这些纠正，永远不能想象出另一个世界。一个人如何能让后代公允地评价逝者呢？怎样到他们栖身的黑暗去问询？世人可以公正对待逝者时，世人也已将他们忘记得干干净净。至少，科尔努埃太太渐渐地不得不承认我们的母亲并没骗她，但她还是没有放弃寻找普托。她向亲戚、朋友、邻居、仆人还有供货商打听普托，问他们认不认识这么个人，只有两三个人说根本没听说过。大多说人都确信自己见过他，厨娘说：‘我听过这个名字，但记不清他长什么样子。’清路工挠挠耳朵说：‘我一定认识他，可我说不出他是谁。’布莱兹先生给出了最确切的消息，他是一名注册费征收员，彗星发现年的10月19日至28日，他曾雇佣普托在大院里劈柴。

“一天早晨，科尔努埃太太气喘吁吁地跑进父亲的工作室。‘我看见普托了！啊！我看见他了！’——‘您确定？’——‘千真万确。他从唐尚先生家的墙边经过，然后拐到了阿贝斯大街，他走得急，很快就看不见影了。’——‘确实是他？’——‘肯定是。一个五十岁左右的男子，又瘦又驼，像个流浪汉，身上罩着件脏兮兮的衫子。’——‘真是他，’我们的父亲说，‘挺符合普托的外貌。’——‘你信了吧？我还喊了他的名字，我大喊“普托”，他转过身了。’——父亲说道：‘管治安的警察就是这么来确认他们搜捕的犯罪分子的。’——‘我刚才说了，真是他。我还是找到你们的普托了。唉，那个人脸色不好，你和你妻子雇他来家里干活，实在是不谨慎。我会看相，虽然只看到了背影，但我敢起誓，他要么是小偷要么是杀人犯。他耳朵边是平的，这种特点可从不骗人。’——‘啊！您注意到他耳朵边是平的了？’——‘什么都逃不过我的眼睛，我亲爱的贝尔热雷先生，如果你不想让你的妻子儿女遭到谋杀，就不要再让普托踏进家门了。给你个建议：把家里的锁全部换掉。’

“几天后，科尔努埃太太菜园子里丢了三个甜瓜。人们没抓到小偷，她怀疑是普托偷的。乡村警察被叫到蒙布勒兹来，他们的报告中表达了和科尔努埃太太一样的怀疑。当时，当地花园遭到偷盗团伙的劫掠，但这次的盗窃是一人所为，而且说法极其巧妙——没破坏任何东西，湿土上也没留下脚印。小偷别无他人，一定是普托，这是警察队长的看法，他对普托了如指掌，就差把他捉住了。

“《圣奥梅尔日报》专门发文报道了科尔努埃太太三只甜瓜遭窃一事，还根据在城里搜集到的描述刊登了普托的画像。报纸上写着：‘低额头、斜视眼、眼神游移不定，有鱼尾纹，颧骨凸起，耳朵没卷边。他身材瘦小，驼背，看上去很弱实际非常强壮。能用拇指和食指把一枚五法郎的硬币弄弯。’报纸还写着：‘我们有十足的理由确信一系

列手法巧妙的盗窃行为都是他所为。’

“整个城镇的人都谈论普托，有一天，大家说普托被逮捕关进监狱了。但是很快就发现那个被当做普托抓起来的人叫里格贝尔，是一个卖年历的书商。因为对他提不出任何指控，在拘留了十四个月后，把他释放了。还是没有找到普托。科尔努埃太太成了又一起盗窃案的受害者，这次比上次还惨重，她的碗橱里丢了两把小银汤匙。

“她看出来了是普托的作案方法，叫人在她卧室的门外加了条铁链，从此再也睡不着了……”

第三章

晚上十点钟左右，波琳回到自己的房间。贝尔特雷小姐对她弟弟说道：“别忘了讲普托勾引科尔努埃太太的厨娘那件事。”

“我正想这事呢，姐姐。”贝尔热雷先生回答，“落下这件事，整个故事最精彩的部分就没了，不过我们得循序渐进，一点点来。警察局认真地搜查普托，但一无所获。当大家知道找不到他之后，每个人都觉得自己有义务找到他，最聪明的那个成功了。在圣奥梅尔城和乡下有很多这样的聪明人，于是，一时间街上、田里、树林里都有普托。他又有了新性格，还具备了民间故事里英雄的分身术，一个能瞬间远距离穿越，突然在最意想不到的地方现身的人，最让人胆战心惊。普托成了圣奥梅尔的恐怖人物。科尔努埃太太始终坚持是普托偷了她的三个甜瓜和两把汤匙。她整日诚惶诚恐，用门闩、围栏、锁头把蒙布勒兹围得密不透风却还是安心不了，厨娘的事更是让她雪上加霜。她家的厨娘遭人引诱，又被背叛，秘密怎么也藏不住了，但是她始终不说是谁干的。”

“厨娘叫古德尔。”佐伊说道。

“她叫古德尔，人们都觉得她下巴上那撮长长的、分开的胡子能让她免受情爱之苦。一撮突然冒出来的胡子曾保护了布拉格备受尊崇的那位国王的圣洁公主。但是，一撮常年存在的胡子，就不足以保护古德尔的贞洁了。科尔努埃夫人督促古德尔说出那个男人，但她泪眼汪汪，一言不发。请求和恐吓都毫无作用，后来科尔努埃太太做了长期而详尽的调查。她巧妙地向邻居、供货商、园丁、清扫工甚至乡村警察打听，却没发现一点蛛丝马迹。她又试了一次要让古德尔彻底交代。‘为了你自己的利益，古德尔，跟我说那个人是谁。’古德尔还是不说话。刹那间科尔努埃夫人灵光一闪，‘是普托！’厨娘哭了，没吱声。‘是普托，我怎么早没想到呢。是普托！真可怜！可怜的女人！可怜的女人呀！’

“科尔努埃太太深信是普托把厨娘肚子搞大的，每个圣奥梅尔居民，从法官到点路灯工人的小狗都认得古德尔和她的篮子。乍听说是普托干的，人们都非常惊诧、赞叹，甚至喜悦。

“普托在城镇和周围地区臭名昭著，但他还是和我们家保持着千丝万缕的联系。他从我们家门前经过，我们还相信他有时翻越我家的围墙。我们从没面对面见过他,但是时时刻刻都能辨别出他的背影、声音和步伐。我们不只一次地认为看见了他的背影出现在暮色中的街角。我和姐姐发现他的性情渐渐有些变化。他依然秉性恶劣,做坏事,不过变得天真坦率了。他越来越不真实,我敢说,增添了很多诗意。普托进入了天真世界,变成了鞭子老头一样的凶神恶煞,成了夜晚来临让孩子闭眼睛的沙子人。

“他没有淘气到夜里把马厩里小马驹的尾巴搅乱,他没有那种田园气息,也没那么有趣,但他同样淘气而天真,他用墨水在我姐姐的布娃娃上画胡子。我们在睡觉前躺在床上听他的声音:他和猫一起在屋顶惨叫;他和狗一起乱叫;他在烟囱里呻吟,发出回声;他还模仿大街上迟迟未回家的醉鬼的歌声。

“普托之所以始终存在于我们的生活中,与我们混得很熟,是因为我们对他的记忆与对周遭事物的记忆已融于一体。佐伊的布娃娃,我被他几次三番弄乱、弄皱的教科书,花园的围墙,我们在那儿曾看见他的暗影里两只眼睛发出红光,那只不是在冬天里冻裂就是被他摔碎的蓝瓷罐子,树木、街道、长椅——万事万物都让人想起普托,孩子们的普托,具有地方特色和神秘色彩的普托。在风度和诗情上,他连最蠢笨的畜牧神潘[1]和西西里迟钝的浮

[1] 希腊神话中牧人和猎人的守护神。

努斯[①]都不如，但却依然让人崇拜。

“在我们的父亲看来，他又有了截然不同的性情：兼具象征性和哲理性。父亲对人类满怀同情，他相信人类是不理智的。人们犯下的错误——不是特别残忍的错误——常让他咧嘴一笑。他对普托和他对人类信仰的总纲和缩影一样深有兴趣。他爱讽刺人，爱开玩笑，他谈起普托时好像确有其人一般。有时他说话的语气非常肯定，环境描述得细致入微，仿佛身临其境，常让母亲非常诧异，不胜惊奇，会听见她坦率地说：‘你说得跟真的似的，不过，朋友，你知道普托……’我们的父亲会郑重地回答：‘整个圣奥梅尔都相信有这么个人。如果我无视他，我还算是个好公民吗？在否定一件大家都相信的共识前，可得思前想后才行。’

“只有完全诚实的人才会有这样的顾虑。我们的父亲实际上信仰伽桑狄[②]学说，他使自己的感情和公众的感情一致，和所有圣奥梅尔人一样相信普托的存在，但却不直接和甜瓜被窃，厨娘被诱扯上直接联系。总之，为了成为好市民，他公开承认普托的存在，但是在解释城里发生的事情时，他又绝口不谈普托。此事和其他事情上如此的表现，让我们的父亲成为一个值得尊重，聪明智慧的人。

① 罗马神话中的森林和田野之神。

② 皮埃尔·伽桑狄（1592—1655）：法国唯物主义哲学家、物理学家和天文学家。主张感性经验是认识的源泉的感觉论。

“而我们的母亲对普托的诞生怀着几分无端的内疚。因为，毕竟普托是她发明创造出来的，就像卡利班是诗人的发明一样。当然，这两件错误不可同日而语，比起莎士比亚，我母亲更无辜。然而当看到自己漫不经心的一句谎话愈演愈烈，不断扩大，流传到整个城市，甚至可能传播到整个世界时，她感到恐惧而困惑。她竟然有一天脸色惨白，相信立即就会看到她的谎话在自己面前成为现实。那天，她那位刚从外地来到城镇，来到我们家的女仆过来告诉她，有位男士想见她。‘他想和夫人说话。’——‘是个什么样的人？’——‘他穿着罩衫，像个乡下工人。’——‘他说叫什么名字了吗？’——‘说了，夫人。’——‘他叫什么？’——‘普托。’——‘他跟你说他叫……’——‘普托，是的，夫人，他说的。’——‘他来了？’——‘是的，夫人，正在厨房等着呢。’——‘你确实看见他了？’——‘确实，夫人。’——‘他到底想干什么？’——‘他什么也没说，只说想和夫人谈谈。’——‘去问问他想干什么。’

“女仆回到客厅的时候普托已经消失了，新来的女仆和普托之间的见面始终没弄清楚。但是我想从那天起，我母亲开始相信普托可能真的存在，自己可能并没有说谎。”

亡灵的弥撒

这个故事是拉努维勒-多蒙地区的圣欧拉里教堂的看守人给我讲的。那是一个美好的夏日傍晚，我们坐在怀特·豪斯家的藤架下，畅饮一瓶陈年老酒，为一位逝者的健康干杯。死者是今晨体面入葬的，人们在他的棺盖下面撒上了漂亮的银珠子。

“我父亲在世的时候，”（看守人在说话）“是一个掘墓工人。毫无疑问，他的工作给了他快乐善良的性情。人们都说在墓地工作的人都是乐乐呵呵的。对他们来说死亡稀松平常，根本就不放在心上。拿我来说吧，先生，我晚上到墓地去和我到怀特·豪斯家的藤架下没有什么差别。万一我遇见了亡灵，我也不会费神去寻思，因为我知道他也许和我一样，也有事要办。我了解死者的习惯，也知道他们的性格。事实上，神父们忽视了的事情我也清楚得很。要是把我知道的事告诉您，您肯定会大吃一惊的。但是寡言者智，我父亲从来不把他知道的那些事透露给我们，他总是高高兴兴地给我讲一件奇事，反反复复地讲。我的记忆中，凯瑟琳·封丹的这个故事他讲了不下一百遍。

“凯瑟琳·封丹是一位老姑娘，我父亲很小的时候看见过她。如果这个街区上现在还有三两个老人听过人们讲关于她的故事，我一点都不觉得奇怪。凯瑟琳·封丹很穷，但名声很好，大家都认识她。她住在修女大街街角的一座角楼里，您现在还能看见那座角楼，它是一幢已经半毁的大楼的一部分，从那座大楼上能俯瞰厄尔林公园的风景。那座角楼上还残存着一些看不清的刻字和图形。经圣欧拉里教堂已故的神父拉瓦索尔先生确认，那上面写的是拉丁文，意思是‘爱之强烈胜于死’。他还补充道，‘这里的爱，指的是对主的神圣之爱。’

“凯瑟琳·封丹一个人住在她的小公寓里，她是个做花边的。您知道我们这儿生产的花边曾经非常非常出名。没人知道她有没有亲戚朋友。据说她十八岁的时候曾爱上一个年轻的奥蒙·特雷利骑士，还与他私定了终身。但是善良的居民不相信这个说法，他们说这是杜撰出来的故事。因为凯瑟琳·封丹的气质更像一位高贵的夫人，而不是一个女工，而且，她苍白的面容下还依稀可见往日的神采。她表情悲伤，手指上还戴着一枚金戒指，上面的图案是紧握在一起的两只小手。以前人们有一种风俗，要在订婚仪式上交换带有这样图案的戒指。我想您肯定知道我说的风俗。

“凯瑟琳·封丹的生活很圣洁。她大部分时间都在教堂里，不论是什么天气，每天早晨，她都去参加圣·欧拉里六点钟的弥撒。

“一个冬夜，她呆在自己的小屋里，突然被一阵铃声惊醒了。毫无疑问这铃声是召唤第一次弥撒的。这位虔诚的女士马上穿戴整齐，下了楼梯，往街上走去。那天晚上天朦朦胧胧的，连房子的墙壁都看不见，幽暗的天空下一丝光亮都没有。一片漆黑里万籁俱寂，远处更是连一声狗叫都没有。周围也一片死寂，没有声音。不过凯瑟琳对脚下的每个石头都了如指掌，即使闭着眼睛她也能找到教堂。她毫不费力地走到修女大街和天堂大街的交叉口，在那儿有一幢木屋，巨大的横梁上刻着耶西树。她走到这儿时发现教堂门是开着的，透出里面明亮的烛光。她继续往前走，走过走廊，一直走到挤满整个教堂的人群之中。但是这些来听弥撒的人她一个也不认识，而且让她惊讶的是所有人都穿着天鹅绒和锦缎衣服，他们的帽子上插着羽毛，还带着过时了的佩剑。还有些绅士拄着镶着金把手的长手杖，有些女士戴着配有王冠状梳子的花边帽子。一些圣路易时代的骑士把手伸给这些女士，她们浓妆艳抹的脸藏在扇子后面，只能看见擦了粉的眉角和眼角的几个斑点。所有人都安安静静地向前走，不发出一点声响，完全听不到他们双脚踩在人行道上和衣服摩擦发出的窸窣声。教堂的低地挤满了一群工匠，他们穿着棕色短外套，凸纹条格短裤，蓝色的长筒袜，他们搂着漂亮可人、垂着眼帘的年轻姑娘。靠近圣水缸的地方聚集着一群乡下女子，她们身着红色的上衣，镶着花边的裙子，像家禽一样安静地坐在地上，一动不动。她们身后站着一群年轻的小伙，眼睛睁得大大的，手指顶着帽子一圈圈地转。这些忧伤的面孔好像都牢固地凝聚在一个悲喜交加的思想里。凯瑟琳·封丹坐在她惯常坐的位子上，她看见神父在朝祭坛走去，后面跟着两位教士。但是神父和教士她谁都不认识。弥撒开始了。这是个安静的弥撒，听不见任何嘴唇嚅动的声音和清脆的铃声。封丹感觉到她的邻座在看着她，也在影响她。她没有转头就瞥见了邻座。她一眼就看出来了，那正是年轻的奥蒙·特雷利骑士，那位四十五年前去世的爱恋着她的骑士。她从他左耳上的一块很小的胎记，还有他投射到脸颊的长长的黑色睫毛上认出了他。骑士穿着一件镶着金色花边的狩猎装，和那天他在圣里奥纳德森林里遇见她时的装束一样。那天他向她要水喝，并吻了她。他依旧那么年轻英俊。骑士笑起来，又露出了他漂亮的牙齿。凯瑟琳低声对他说：

“‘老爷，您曾经是我的朋友，陈年时光里一个女孩曾把她最珍爱的一切献给了您。愿上帝保佑您！也但愿他最终能启示我为我们共同犯下的罪过而悔过。纵然我头发斑白，行将就木，我从未因为爱过你而后悔。但是，我亲爱的故友，尊贵的老爷，请告诉我这些穿着旧时服装、安静地坐在这里听弥撒的人是些什么人。’

“奥蒙·特雷利骑士音若游丝，用比水晶还要清亮的声音回答道：

"'凯瑟琳，这些男男女女都是炼狱里的灵魂，他们和我们一样因爱而犯下罪过，而让上帝伤怀，但是上帝并没有抛弃他们。因为他们的罪过和我们的一样，都不是刻意的。

"'和他们在尘世相恋的人分开后，他们在炼狱里经受烈火的洗礼，他们因和恋人阴阳两隔而倍感痛苦，这样的痛苦是他们最大的折磨。他们忧伤满怀，天堂里的一位天使同情他们为爱而遭受的痛苦。得到天主的许可后，这位天使在每年的某个晚上会将亡灵的爱人请到教区的教堂里，可以手握手参加这场亡灵的弥撒。事情就是这样的。凯瑟琳，这是天主许给的无上恩赐。'

"凯瑟琳·封丹回答说：'亲爱的老爷，如果能回到当年在森林里遇见你，给你水喝时那么年轻漂亮，我真想欣然死去。'

"当他们悄声说话的时候，一位年迈的司铎手拿一个大铜盘走了过来，收集他们的捐款。大家依次投入的硬币都是很久以前早已不流通的硬币，有面值六利弗尔的埃居、弗罗林、杜卡托、度卡顿、雅各布斯、玫瑰诺布勒，它们都安安静静地落进盘里。到了骑士面前，骑士往里面投了一枚金路易，发出的声音和其他的钱币没什么差别。

"然后，那位衰朽的司铎走到了凯瑟琳·封丹面前，凯瑟琳在衣袋里找了个遍，但没找到一个法郎。她不想放弃捐款，于是把那枚骑士去世前一天送给她的戒指放进了盘子中。金戒指落入盘子里发出沉闷的响声，霎时间，骑士、四度、主持弥撒的神父、教士、女士们、其他的骑士，所有参加弥撒的骑士都杳然消失了，只剩下凯瑟琳·封丹一个人呆在黑暗之中。”

教堂看守人这样讲完故事后，喝了一大口酒，沉思片刻后，他又接着讲了：

“我刚才给你讲的故事跟我父亲在世时一遍遍给我讲的一样。而且，我相信确有其事，因为它与我观察到的逝者亡灵的特殊习惯在很多方面都非常一致。我还是个孩子时就和逝者的亡灵打过很多交道，我知道他们常常会到生时钟爱的事物那里。

“就像死去的吝啬鬼夜晚会在他们活着时埋藏财宝的地点周围游荡一样。吝啬鬼牢牢地守护着他们的金子，但是他们藏而不用，最后成全了自己的遗憾。我们挖开亡灵们来回逡巡的地方，往往能发现很多钱。同样，死去的丈夫也常在晚上回来纠缠他们已经再婚的前妻，我能很容易地说出几位死后比生前把老婆管得更紧的人姓甚名谁。

“这样的事情应该受到责备，因为死人不应该泛酸吃醋。我把这些看到的事情告诉你之后，你就会明白，娶一个寡妇必须得慎重。另外，我给您讲的那个奇事后来得到了证实：

“那个神奇夜晚后的第二天清晨，人们发现凯瑟琳·封丹死在了自己的房间。圣欧拉里教堂的执事在用来募捐的铜碗里发现了一枚刻着手拉手图案的金戒指。不过,我真不是个能讲故事逗乐的人。我们再来瓶酒怎么样?”

圣母的杂耍艺人

第一章

在路易国王统治时期的法国，有一个可怜的杂耍艺人叫巴尔纳贝，是地道的贡比涅人。巴尔纳贝辗转各个城镇表演需要力气和技巧的杂耍。每到赶集的日子，他就在公共广场地上铺张破破烂烂的毯子，然后把他从一位老艺人那儿学来的俏皮话一成不变地说一遍，把孩子们和闲逛的人吸引过来。然后他摆出奇怪的姿势，把锡盆放在鼻尖上顶着。乍开始，人群总是冷冷清清。

不过，当他头朝下双脚倒立，往空中扔出六个在阳光下熠熠发光的铜球，然后用脚把球接住；或者当他身体向后翻，用脖子碰到脚跟，把整个身子弯成一个滚圆的轮子，同时还能耍十二把飞刀，看客们就会发出啧啧的赞叹声，钱币像雨点一样砸在毯子上。

但是，和那些靠手艺吃饭的人一样，贡比涅的巴尔纳贝艰难谋生。

他靠额头上的汗珠挣饭吃，他承受的苦难要远远多于始祖亚当因犯错而给我们带来的苦难。

而且，虽然他很愿意多表演点，但是这工作总断断续续的。树木需要开花结果，他也一样，温暖的阳光和长长的白天是他展现聪明才智必不可少的条件。冬天的时候，他就像一棵树叶落尽，奄奄一息的树。冰冻的土地对杂耍艺人来说非常不利，就像玛丽·德·法朗士所说的知了，严寒让它受冻又挨饿。巴尔纳贝心地单纯，他耐心地承受着自己的苦难。

他从未费心想过财富的起源，也没有考虑过人类的不平等。他坚信如果这个世界生活艰辛，那么之后的另一个世界一定会好，正是这种期待支撑着他。他和那些把灵魂卖给魔鬼，没信仰，跟强盗似的杂耍艺人不一样，他从不亵渎神灵。巴尔纳贝活得正直，虽然自己孤家寡人一个，但他从不觊觎邻居的老婆，因为女人是强壮男人的天敌，有《圣经》中参孙的故事为证。

实际上，他没什么肉体享乐的欲望，戒掉喝酒比没有女人更让他难熬。天热的时候，他喜欢喝点酒，但不会酩酊大醉。他是一个好人，敬畏上帝，忠于圣母。

每次进教堂，他都不忘走到圣母像前，双膝跪地，虔诚祈祷：

“尊敬的夫人，请您眷顾我一生，直到上帝让我死亡的那刻。当我死后，请许给我天堂的快乐。”

第二章

某个雨天的傍晚时分，巴尔纳贝腋下夹着裹着铜球和刀子的破毯子，神情低落，弓着腰在路上走着，他想找个谷仓，虽然没晚饭吃，也总有个睡觉的地儿。他看见马路上有一个同行的修士，他客客气气地致意。他俩步调一致，于是就攀谈起来。

“同行的朋友，”修士说，“你怎么穿了一身儿绿呀？是要在神秘剧里扮演小丑吗？”

“不是的，神父。”巴尔纳贝回答说，“我叫巴尔纳贝，您看我穿成这样是因为我是个杂耍艺人。如果我杂耍能让我每天都有饭吃，那它一定是世界上最美好的职业。”

“巴尔纳贝朋友，”神父回答道，“注意你说的话。没什么职业比修士这行好。修士做的是赞颂天主、圣母和圣徒的事业，他们神圣的生活是对天主的永恒歌颂。”

巴尔纳贝回答道：“神父，我知道我的话显得特无知。我们的职业是无法相提并论的。虽然我能用鼻尖顶根木棍，棍子上放枚钱币，无论我怎么蹦跳，钱币都不会掉下来，虽然这身本领也不错，但还是没法跟您相比。神父，如果我非常希望能像您一样每日唱日课经，特别是关于圣洁的圣母的日课经，我非常非常崇敬圣母。如果真能这样，这从斯瓦松[①]到博韦[②]六百多个城镇乡村里家喻户晓的技艺，我也愿意抛却，去过修士生活。”

修士被这位杂耍艺人的淳朴和真挚感动了，而且他观察能力很强，马上就看出巴尔纳贝是《圣经》里提到的那类人中的一员——《圣经》中说：“愿尘世的安宁与他们同在。”正因此，修士回答道：“巴尔纳贝朋友，跟着我吧，我会让你进一家修道院，我是那所修道院的院长。那位曾将埃及的圣玛利亚[③]指引入沙漠的圣贤让我出现在您的行路上，带领你走上永福之路。”

巴尔纳贝就这样成为了一位修士。在他修习的那所修道院里，每位修士都争相表现他们对圣母的崇敬，人人都拿出看家本领，竭尽聪明才智侍奉圣母。

院长本人，则致力于“立言”[④]，基于神学准则，阐述圣母高尚的美德。

莫里斯修士用他那双巧手把这些论著誊写在上等牛皮纸上。

亚历山大修士在纸上画上精密的细密画。能够清晰地看到画中坐在所罗门宝座上的天后，她脚下蹲守着四只狮子，在她头上的光圈上有七只鸽子在盘旋，它们是圣

---

① 法国城市名

② 法国城市名

③ 基督教苦修女，曾是埃及亚历山大城的妓女，后来经指引在约旦的沙漠中苦修了四十年。

④ 立言，指著书立说。出自《左传·襄公二十四年》：“大上有立德，其次有立功，其次有立言，虽久不废，此之谓不朽。”

灵的七份礼物：恐惧、怜悯、知识、力量、劝告、才智和德行。陪伴在她身边的还有六位童贞女：恭谦、谨慎、隐修、尊重、贞洁和服从。

她脚下是两个光着身子，光洁无瑕在祈祷的小人。他们在恳求圣母为他们灵魂的圣洁祈祷，当然他们的恳求不会是徒劳无功。

亚历山大修士在对页纸上画的是夏娃，为了同时展现出堕落和赎罪——夏娃是见弃于人的女人，玛利亚是受人崇敬的圣女。

而且，在这本书里我们还能看到《雅歌》中谈及的活水井、清泉、百合花、月亮、太阳，和上锁的园，还有圣堂之门和天主之城，这些都是和圣母有关的意象。[①]

马尔波德修士好像是圣母最钟爱的孩子中的一位。

他日复一日地雕刻石像，胡子、眉毛和头发都被石膏粉染成了白色，双眼也终日肿胀，流泪不止，虽然他已上了年纪，但还是老骥伏枥，欢欣快乐丝毫未减，显然是天后爱怜她这位年事已高的孩子。马尔波德修士所雕的天后坐在宝座上，眉前绕着一圈珍珠光轮。他特意让天后的裙裾遮住双脚，因为先知曾说："我的佳偶是上锁的园。"[②]

---

① 活水井象征知识和富足，泉水象征永生永远年轻，百合花象征上帝的择选："我的佳偶在女子中，好像百合花在荆棘丛内。"月亮象征美丽，太阳象征圣洁，上锁的园就是天堂。参见《旧约·雅歌》。

② 参见《圣经·旧约·雅歌》。

马尔波德修士有时还把她雕成一个漂亮的孩子，似乎是在说："主啊，你是我的主，从母亲孕育我时，你便是我的神。"①

修道院里还有很多诗人，他们用拉丁文写下许多赞美圣母玛利亚的散文和诗歌。这些诗人中有一位庇卡底人，他可以用通俗语和韵文来讲述圣母的奇迹故事。

第三章

目睹了大家争先恐后地歌颂赞扬并取得丰厚成果后，巴尔纳贝为自己的无知和愚蠢深感难过。

"唉，"他独自一人走在修道院几乎没什么阴凉的花园，叹着气自言自语，"我可真可怜，没法像他们一样恰当地颂扬圣母，我全心全意地爱着她呀！唉！唉！我就是个大老粗，什么技艺都不会。圣母啊，我既写不出有教化意义的布道辞，不会画精美的图画，也不会雕刻惟妙惟肖的雕塑，更不会写那种讲究音步、韵律的诗歌。我一无是处，唉！"

他期期艾艾地叹着气，心情抑郁。一天晚上，修士们在一起畅所欲言，他听到其中一个修士讲了一个故事：有一个修士，他只会背诵《圣经》，因为愚蠢、无知，大家都瞧不起他。可是在他死后，从他嘴里开出了五朵玫瑰花，代表了组成圣母玛利亚名字的五个字母，世人都看到了他

① 参见《诗篇》第二十二篇。

的圣洁。

听到这个故事，巴尔纳贝再次叹服圣母的仁慈和善良。但是，那位受福的死者并不足以安慰他，他内心热情溢满，太渴望为天堂里圣母的荣耀效力了。

他绞尽脑汁也没有找到个好方法，情绪日渐消沉。一天早上，他高高兴兴地起床，飞奔到小教堂，一个人在那儿呆了一个多小时。吃完晚饭后，他又一个人跑到教堂里去了。

从那天起，他每天清晨、傍晚都到教堂去，在那儿呆上良久。那时其他的修士都在忙着自由艺术和机械工艺，教堂里总是空无一人。他的悲伤从此消失了，他也不再长吁短叹了。

他的怪异举动引起了其他修士的好奇。修士们互相打听为什么巴尔纳贝修士总一个人跑到教堂里静修。

院长有责任对所有修士的行为了如指掌，他决定去看看巴尔纳贝修士自己一个人到底在教堂里干什么。第二天，巴尔纳贝像往常一样关上教堂的门，院长在两位年长修士的陪同下，透过门缝观察他一个人到底在教堂里做什么。

他们看见巴尔纳贝头朝下，脚朝上，倒立在圣母的祭台前，耍着他的六个铜球和十二把刀子。他在用他最为人称道的表演赞颂圣母。两位老修士不知道心思单纯的巴尔纳贝是在用自己的智慧和技艺表达崇敬之情，大喊他亵渎神明。

院长知道巴尔纳贝的灵魂有多么纯洁，但是他觉得巴尔纳贝一定是疯魔了。他们三人正准备赶快把他从教堂里拖出来，突然看见圣母走下祭台，向前走，用她的裙裾擦拭掉杂耍艺人前额沁出的汗珠。

然后院长俯身在地，脸贴石板，说道："心底真纯的人方是有福之人，他们能看见天主。"

"阿门！"两位老修士回应，双双亲吻地面。

共和国二年花月往事[①]

——献给让娜·康德尔小姐[②]

第一章

看守关上了拘留所的大门，被关进来的是一位因“妨害公共安全罪”而被逮捕的女犯人，前凡妮·德·阿佛内伯爵夫人，其实她的实际罪名是为当局政府的敌人提供避难所。

关押她的这栋旧房子，过去曾是王家港的隐士们品味孤独、分享群体生活之地，而今它摇身一变成了一座监狱。

她坐在凳子上，听登记员报出自己的名字，陷入了思考：“啊，上帝，为什么会发生这些事？您对我还有什么要

① 法国大革命历法废弃格里历，改用罗马数字纪年，将十二个月依次定为葡月、雾月、霜月、雪月、雨月、风月、芽月、花月、牧月、获月（或收月）、热月、果月，附在格里历日期上的圣徒名字则用种子树木、花和水果的名字加以替换。花月指法兰西共和国的第八月，相当于公历的4月20或21日至5月19或20日。

② 让娜·康德尔是法朗士的秘书，生平也发表过一些小说。

求呢?”

监狱看守长得粗暴、阴险,他的女儿倒是很可人,她戴着一顶漂亮的有帽徽和三色结的白色帽子。凡妮被看守带到了一块开阔的院子里,院子中间长着一棵繁茂的刺槐。她待在那儿等着看守给她在哪个房间里安排一张床,放一张桌子。监狱里非常拥挤,每个房间都住了五六个犯人。尽管每天监狱都把犯人打发到革命法庭和断头台,可还是无济于事,因为每天都有新犯人进来,填补上空缺。

凡妮看到院子里有一位年轻女子正专心致志地在树皮上刻字,她一下子就看出来那正是她儿时的伙伴,安托万尼特·德·奥里亚克。

“喂,你在这儿呀,安托万尼特!”

“你也在这儿呀?让他们把你的床位放在我旁边吧,我们有没完没了的话要好好聊聊。”

“对呀,好多话要聊。奥里亚克先生可还好,安托万尼特?”

“我丈夫?说真的,亲爱的,我差点把他忘了。这有点不公平,他对我好得无可挑剔的……我想现在他正关在这里的某个地方,或者别的监狱。”

“安托万尼特,你刚才在做什么呢?”

“嘘!……现在是什么时辰了?如果五点钟的话,刚才我在树皮上所刻的,和我名字在一起的那个人已经不在人世了,他今天晌午的时候被押送去革命法庭了。他叫加斯林，是一位北方军的志愿者。我们是在监狱里认识的，在这棵树下度过了非常美好的时光。他是一位非常优秀的小伙子……不过，亲爱的，我现在必须把你的住处解决了。”

安托万尼特揽着凡妮的腰，带她来到自己睡觉的房间，看守允许了这两位朋友住在同一个房间。

他们决定第二天一早一起把房间的地板清洗干净。

做晚饭的厨师是一位爱国人士，饭做得非常差劲，大家都坐在一起吃。每个人都端着盘子和木盖子（禁止使用金属盖），领自己的那份猪肉和白菜。在草草的晚餐上，那些神情欢乐的女人让她感到非常惊讶。她们和奥里亚克夫人一样，头发精心打理过，衣服精致异常。尽管死亡近在咫尺，她们还是没有丢失女人对快乐的渴望。她们的谈话和性情一样活泼，凡妮立马意识到在这个大院子里阴沉的死亡滋生出了绝望的爱情。这座监狱里有情爱的开始，也有结束。此时，她心情澎湃激昂，难以言表，一股紧握别人双手的渴望占据了她的心灵。

她想起了那位爱她，她却没能将自己奉献给他的男人，遗憾如同悔恨一般，攫取了她整个心灵。滚烫的泪珠瞬间滚下她的面颊。借着照亮餐桌的油灯的光亮，她打量着这一群双眼闪着狂热的光芒的同类，心想：

“我们都将被执行死刑，为何我会如此悲伤，会愁肠百结，而这些女人却毫不介怀生与死？”

她在自己简陋的床上哭了一整夜。

第二章

度过了漫长而单调的二十天。昔日恋人们跑来寻找静谧和绿荫的庭院今夜却寂寥无人。走廊里的潮湿气息令凡妮窒息，她走到院子里那棵刺槐下，坐在长满小草的小丘上，刺槐的枝叶荫蔽了整个院落。槐花正放，微风吹动树枝，香气袭人。凡妮看见在安托万尼特刻名字的树皮下面钉着一张纸。纸上写的是像她一样被囚禁的诗人维勒的诗句：

此处是些高洁无罪的灵魂，
是遭受毁谤的平静的罹难者。
承蒙一片树荫的庇护，
他们把忧伤放逐进爱情的幻梦。
它倾听叹息，感受细碎恐惧，
不止一次被泪水浸润。
你们，于稍减严酷之时，
被囿于同一个樊篱，
要尊重、爱护这棵善良之树，
唯有它能抚平伤痛，砥砺力量，
播撒幸福。

凡妮在读完这些诗句后，陷入了沉思。她从内心重新看到了自己的生活，平静的、波澜不惊的生活，无爱的婚姻，向往音乐和诗歌、充满友谊、没有忧愁的灵魂。然后她想到了那位优雅男子对她的一往情深，她尊敬却未曾接受他，而他是最好的保护伞。在死寂的监狱里，她越发意识到这一点。一想到自己大限将至，她就悲从中来，她的鬓角沁出了一颗临终的痛苦带来的汗珠。内心苦痛的凡妮抬起头望向满天繁星，扭动手臂，喃喃自语："主啊，赐我希望吧！"

这时传来了一阵轻盈的脚步声，走过来的是监狱看守的女儿罗丝恩，她要和凡妮谈谈。

这位可爱的女孩对凡妮说："女公民，明天晚上在观象台大街，会有一个爱你的男子驾着马车在那儿等你。这个包裹里的衣服和我身上穿的一模一样，你拿好，晚饭的时候回房间换上。你和我差不多高，头发颜色也像，晚上很容易就被当成对方。我的恋人是一个警卫，他和我一起设计好整件事，他会去你的房间把我平常去市场买菜拎的篮子给你。"

"你跟着他走下去，往我父亲房间的楼梯那（他有那儿的钥匙），监狱那边的大门没锁也没有警卫，你只要别让我父亲看见就行。我的恋人会用身子挡住我父亲房间的小窗户，像和我说话一样和你说：'晚安啦，罗丝[1]公民，不要淘气呀！'然后你就悄悄地跑上街。这段时间我会从正门离开，然后我们先后进到那辆马车里，一起离开。"

---

① 罗丝恩的昵称。

听到这些话，凡妮又呼吸到了春天的气息，嗅到了唤醒自然的味道。她精神焕发，为崭新的生活而激动，她太渴望自由了，她感觉到自由就在她的掌握之中。这自由的甘露里还浸透着爱情的芳香，她握紧双手，把它们放在胸前，抑制内心的喜悦。但是，凡妮是个凡事考虑周全的人，她渐渐地生出了另一种感情。

凡妮说："亲爱的孩子，你为什么要救我呢？为什么要为一个你几乎素不相识的人而牺牲自己？"

"哦，"这次她忘了用之前一直称呼凡妮的非正式的"你"，她回答说，"因为只要您自由了，您那位善良的朋友就会给我一大笔钱，然后我就能嫁给我的爱人弗洛林顿了。您看到了，公民，我这么做完全是为了我自己。不过和其他人比起来，我更愿意救您。"

"孩子，我非常感谢您这么说，不过为什么这么说呢？"

"因为您优美而典雅，您的那位好朋友和您分开的话，一定会痛不欲生，是这样吧？"

凡妮伸出手去接罗丝递过来的装着衣服的包裹。可是，她马上就又把它推过去了。

"罗丝，您知道吗？如果被发现了，您也会被处死。"

"处死！"女孩大喊，"您在吓唬我。哦，不，我不知道会这样！"

她马上就安心了，"但是，公民，您的朋友会把我藏起来的。"

“巴黎根本没有一个安全地儿。非常感谢您的付出，罗丝，但是我不能接受。”

罗丝站在那儿，仿佛被雷击了。

“但是您会被送上断头台的，公民，而且我也不能嫁给弗洛林顿了。”

“别担心，罗丝。即使不要您帮我，我还是会帮助您的。”

“哦，不，不行！那样做就是骗您的钱。”

监狱看守的女儿为此请求、祈祷、哭泣了好一阵子。她双膝跪地，拽住凡妮的裙角。

凡妮轻轻地推开了女孩的手，把头转向另一边，一束月光照在凡妮美丽而平静的脸上。

那夜很美，微风轻吹，监狱里的槐树在风中摇曳，清香袭袭，美丽的白色花瓣洒落在那位自愿赴死的牺牲者头上。

阿贝莉公主

第一章　讨论地表的形态兼作开篇

今天这片被汪洋覆盖着的地方，以前曾是克莱瑞德公国。公国没留下任何城镇或城堡的遗迹，不过，听说在海面风平浪静的时候，人们能看到海底矗立着巨大的、周长达一英里的巨树。海岸上有一个海关站，现在仍叫做“裁缝铺”，这个名字很可能是为了纪念后面故事里讲到的一位叫“约翰”的裁缝师傅。海水年复一年地向陆地蔓延，很快就会把这个名字奇怪的地方吞没。

变化更迭是事物的本性。经年累月，高山下沉，海底上升，将贝壳和珊瑚带到了原来云彩和冰块所在的地方。万事万物没有什么是永恒的。地表和海面的形态也总是在变化。唯独传统能保留下对人和地点的记忆，然后穿越岁月的阻隔，将这些早已不复存在的事物展现给我们。在讲述克莱瑞德公国的故事的时候，我想带您回到那早已消失的时光。故事是这样开始的：

“布朗西朗德伯爵夫人将一顶边上镶着珍珠的黑色风

帽戴在自己金色的头发上……”

不过，在继续讲之前，我必须请那些严肃的人士不要读这篇故事。这个故事不适合他们。它不是写给那些瞧不上日常琐事，总希望从故事中收获指引的人看的。我仅敢把这个故事送给那些喜欢别人逗他们开心，那些年轻单纯，快快乐乐的人。只有那些能被天真纯朴的快乐而感动和高兴的人才能把它从头到尾读完。如果这些人的家里也有小孩子的话，我希望他们能将我的阿贝莉公主讲给孩子听。我希望这个故事既能让男孩开心，也能让女孩快乐，可是，我又不敢如此奢望。这个故事对他们而言太无聊了，实际上，它只适合那些较传统的孩子。我有一个九岁的小邻居，她非常可爱，前几天我去她的小书房参观。书房里摆了很多有关显微镜和植虫类的书籍，还有几本科幻小说。我打开了一本书，上面写着：“墨鱼是软体动物门头足纲的动物，它的身体里有一个装着碳酸钙盐液体的海绵状组织。”我那可爱的小邻居觉得那本书非常有趣。如果她不想我羞愧而死的话，就请她千万不要读这篇有关阿贝莉的故事。

第二章　白玫瑰对布朗西朗德的寓意

布朗西朗德伯爵夫人将一顶边上镶着珍珠的黑色风帽戴在自己金色的头发上，在腰间系上一根寡妇束腰带，然后走进了小教堂，她习惯了每天在那里为他死去的丈夫的亡灵祈祷。布朗西朗德伯爵是在与一位爱尔兰大力士的决斗中丧生的。

这天,她发现在她的祈祷台上放着一枝白玫瑰,她的脸色瞬间惨白,眼神黯淡,她垂下头,紧握双手。她知道,一旦白玫瑰出现在祈祷台上,布朗西朗德公国就会有一位伯爵夫人要离开人世。

她为人妻,为人母和成为寡妇的时间都不长,现在白玫瑰警告她大限将至,于是她走进了儿子乔治的卧室。小乔治在仆人们的照顾下正睡得香甜,长长的睫毛在脸颊上洒下魅力的阴影,小嘴巴看着像一朵花。望着这么无助、这么可爱的儿子,布朗西朗德伯爵夫人哭了起来。

"我的小可怜,"她悲痛欲绝,"我亲爱的宝贝,你现在还不认识我,永远也不会认得我,我的模样也会从你可爱的眼睛里永远消失。可是,身为你的母亲,我用自己的乳汁哺育你,因为爱你,我拒绝了最杰出的骑士的求婚。"

伯爵夫人一边说,一边亲吻胸前的配饰,配饰里镶着一枚她自己的肖像和一绺头发,然后把它挂在了儿子的脖子上。小宝贝在摇篮里翻身,用小手揉着眼睛,这时,母亲的一滴泪珠落在了他的小脸颊上。但是布朗西朗德伯爵夫人转过头去,走出了卧室。一双即将紧闭的双眼怎么能承受得了两只就要拥有灵魂的双眼释放的光芒呢?

伯爵夫人命人备好马,配好鞍,在侍卫弗朗克尔的陪同下,朝克莱瑞德城堡驶去。

克莱瑞德公爵夫人拥抱了布朗西朗德伯爵夫人。

“亲爱的，是什么好运把你送来了？”

“把我带到这里来的运气不算好。朋友，请听我说，我们前后几年内先后结婚，相同的命运让你我都守着寡。因为在骑士精神盛行的现在，最优秀的人总是最先死去，谁要是想活得长久就必须去寺院当修道士。你刚当上妈妈的时候，我的小乔治已经两岁了。你的女儿阿贝莉像白天一样可爱明媚，我的小乔治也是个可爱的孩子。我爱你，你也爱我。我在祈祷椅上发现了一朵白玫瑰，我就要死了，我把儿子托付给你。”

公爵夫人知道白玫瑰对各位布朗西朗德夫人意味着什么。她哭了起来，泪水涟涟地承诺会待乔治和阿贝莉如亲兄妹，把他们抚养成人，一个孩子有什么，另一个孩子也会有。

两位夫人抱在一起，走到了阿贝莉的摇篮旁，在蔚蓝色的浅色幔帘下，小阿贝莉正在熟睡，她闭着眼睛，晃动着小胳膊。她打开手掌时，五道玫瑰色的光芒从指间流出。

“他会保护你的。”乔治的母亲说道。

“她也会爱他的。”阿贝莉的母亲答道。

“她会爱他的。”一个细小而清晰的声音重复道，公爵夫人听出这是那位在壁炉下面生活了很久的一个神灵的声音。

布朗西朗德伯爵夫人回到庄园后将她的珠宝分送给了女仆们。然后为自己涂上油脂，穿上最华贵的衣服，这样便可在审判之日为这副必须复活的身躯带来荣耀。她躺在床上，安然入睡，再也没有醒来。

第三章　布朗西朗德的乔治与克莱瑞德的阿贝莉之间爱的萌芽

平常人大多是心地善良却美丽不足，或者是美丽动人却心性不美。克莱瑞德公爵夫人却与众不同，她既漂亮，又善良。很多王子只看过她的肖像，就纷纷向她求婚。但是面对他们的恳求，公爵夫人总是说："我只有一颗心，只能有一位丈夫。"

可是，为了不扫周围人的兴致，能够让大家在她在场时尽情欢笑、自由自在，在五年的服丧期后，她摘下了长面罩，脱下了黑色的丧服。她的公国有一大片乡村，有荒芜寂寥、杜鹃花盛开的荒野；还有很多湖泊，渔民们时常能捕到神鱼；在偏僻的地方还有座座群山，那里生活着小矮人。

一位老修士帮助公爵夫人治理公国，他从君士坦丁堡逃出来，目睹了太多的暴力和背叛，对人类的善良几乎不抱什么希望。老修士住在一座塔里，有鸟儿和书籍相伴。他就是在那儿借助一些箴言警句发挥着谋臣的作用。他坚持如下准则："永不让已废除之法律重新生效；为防止民众暴乱可屈服于其意志，但务必循序渐进，因为但凡实施新改革，民众便会得寸进尺，即刻屈服犹如长久抵制，政权终会倾覆。"

公爵夫人对政治一窍不通，便准许他自行其道。她心地十分善良，虽然人的秉性不一，不是每个人都值得尊敬，但对于那些因为不幸而品性变坏的人，她充满了怜悯。她想方设法救扶苦难民众，常去看望病人，安慰孤苦伶仃的寡妇，保护无依无靠的孤儿。

对女儿阿贝莉，公爵夫人总是循循善诱，教育她要秉性善良。只要阿贝莉是为了帮助别人，无论什么要求，她都会满足。

善良的公爵夫人兑现了她向可怜的布朗西朗德伯爵夫人做出的承诺。她把乔治看成自己的亲骨肉，对他和阿贝莉毫无二致，不偏不倚。他们一起长大，虽然乔治觉得阿贝莉太小，但他还是很喜欢她。在他们还都是小孩子的时候，乔治有一天跑过去对阿贝莉说，“你能和我一起玩吗？”

“好呀！”阿贝莉回答道。

“我们一起做泥馅饼吧。”乔治说道，然后他们就开始忙活起来。可是，阿贝莉做得非常不好，乔治就用铲子拍她的手。于是阿贝莉嚎啕大哭，当时，侍卫弗朗克尔正在花园里散步，他听见哭声立刻就走了过来，对他的小主人说道：

“少爷，欺负小妹妹可不是布朗西朗德家的少爷该做的事哟！”

乔治很生气，他非常想拿起自己的小铲子朝弗朗克尔打过去，可是这对他实在是太困难了，于是他转念一想，放弃了，选择了一个相对简单点的——他把鼻子往大树上一撞，哭得惊天动地。

阿贝莉也不甘落后，她拿小拳头敲打自己的眼睛，想强挤出眼泪来，可是并不奏效。阿贝莉实在是没办法了，便也把鼻子往旁边的树上一撞，眼泪一下子就流了出来。当夜幕降临，柔和地笼罩大地时，阿贝莉和乔治两个小家伙还在一人对着一棵树，在嚎啕大哭。直到克莱瑞德公爵夫人走过去，一手拉着她女儿，一手拉着乔治，把他们带回城堡。小家伙们双眼红肿，鼻尖通红，满脸泪痕。他们哭呀，抽噎呀，让人心碎。

晚饭，他们都吃得又香又甜。刚吃完饭他们就回床睡觉。蜡烛刚一吹灭，这两个小精灵跟什么事都没发生似的，穿着睡衣，又是笑呀，又是抱呀，高兴得不得了。

布朗西朗德的乔治与克莱瑞德的阿贝莉之间的爱就这样发芽了。

第四章　普通教育和特别教育

乔治和阿贝莉在城堡里朝夕相处，一起长大。虽然他知道阿贝莉不是他的亲妹妹，他还是喜欢叫她妹妹，他们之间的感情胜似亲兄妹。

布朗西朗德伯爵夫人为乔治请了很多老师，有击剑老师、骑术老师、游泳老师、体操老师、舞蹈老师、田猎老师、训猎鹰老师、网球老师，总之每个科目的老师都有。乔治还有一位书法老师，那位老师是一位老牧师，表面上看着很谦恭，内心却十分高傲。他教乔治写各种书法，他认为字体越难辨认的越漂亮。乔治一点都不愿意上书法老师的课，还觉得没什么收获。还有一位老修士，他教乔治语法，讲的都是听不明白的术语，他的课和老牧师的课一样枯燥。乔治不明白，人生来就会说话，本来就会说母语，为什么还要费力气学语法呢？

乔治只愿意和侍卫弗朗克尔呆在一起。弗朗克尔四处闯荡，周游天下，既熟悉风土人情，又认识各类动物，能绘声绘色地描绘去过的国家。虽然他目不识丁，却能信手编曲写歌。所有的老师里，只有弗朗克尔真正教乔治本事，是唯一一位真心实意爱他的老师，而只有心中有爱才能讲出好课。书法老师和语法老师打心眼里讨厌对方，平日里你看我不顺眼，我看你不痛快，却串通好，一起诬陷弗朗克尔，说他是个酒鬼，总是烂醉如泥。

确实，弗朗克尔经常出没于附近的“锡壶酒馆”，喝酒的次数也不少。因为在那儿他能忘却烦忧，还能谱曲子。当然他自己肯定也是有错的。

荷马写的诗比弗朗克尔的歌要好得多，但是他只饮点泉水。人，谁没有些苦闷悲愁，借酒并不一定能消愁，心地善良才能真正没有烦忧。但是弗朗克尔管了一辈子马匹，忠心耿耿、值得信赖，书法老师和语法老师本应该理解他，在公爵夫人面前照拂他，而不该夸大其词，言过其实地告发他。

书法老师说：“弗朗克尔是个地道的酒鬼，每次从‘锡壶酒馆’出来，走路都摇摇晃晃、颤颤巍巍。而且他走路一直都是这个姿势，东倒西歪的。请您允许，我不得不说弗朗克尔是个酒鬼，是个糊涂蛋。”

语法老师附和道：“弗朗克尔颤颤巍巍走道时唱的那些调调都不合规矩，不成体统，他一点都不懂修辞，就知道胡编乱造，尊敬的夫人。”

公爵夫人原本非常讨厌学究相轻，说短论长。一开始，她根本就没理会他们的告发，但是他们不断嚼舌头，打小报告，她也渐渐开始信以为真，最后听信了谗言，决定把弗朗克尔打发走。但是，为了顾及他的体面，就派他去罗马，领取教皇的贺辞。从克莱瑞德到罗马教廷的路途非常遥远，好在路上有很多民间词曲艺人常光顾的酒馆，对弗朗克尔而言，目的地就没那么遥不可及，旅途也没那么难熬了。

但是，在后面的故事中我们就会知道，公爵夫人把这位两个孩子忠心耿耿的老仆人派走，是多么错误的决定，她有多么懊悔。

第五章　公爵夫人带阿贝莉和乔治去教堂，遇见一位丑陋的老妪

那是复活节后第一个周日的清晨，公爵夫人骑着她栗色的高头大马出了城堡。潇洒的乔治骑着一匹黑色的马，伴在公爵夫人左侧，黑马的前额上有一块白毛，看着像是一颗星星。阿贝莉坐在乳白色的骏马上，拉着粉红

色的缰绳,伴在公爵夫人右侧。他们要去教堂听弥撒。身佩长矛的士兵在周围护卫,他们经过之处,人们蜂拥而至,争先瞻仰他们的风采。他们三位英俊的英俊,典雅的典雅,可爱的可爱,确实神气极了!公爵夫人戴着缀有一层银花的面纱,身披轻盈飘逸的斗篷,迷人而端庄。她的头饰上镶有珍珠,柔和的光芒与她姣好的容貌和美好的心灵相得益彰。她身旁的乔治长发飘飘、炯炯有神,看着精神抖擞。另一边的阿贝莉,面容清秀,非常赏心悦目;她的头发上扎着一条织着三朵金花的发带,神采奕奕的卷发披散到肩,像一袭光芒璀璨,散发着青春气息和靓丽魅力的披风。看见她的人们都赞叹:“多么美丽的天使呀!”

一位叫约翰的老裁缝师傅也带着他的孙子彼得来看阿贝莉。他指给孙子看阿贝莉,彼得问爷爷,她是真人还是蜡像,因为他实在不敢相信自己的同类居然能长得这么白,这么可爱。小彼得长着一张晒得黑黝黝的宽脸蛋,穿着一件自家织的,乡下气十足的衬衫,他怎么可能相信阿贝莉和他一样都是有血有肉的真人呢?

公爵夫人亲切地接受人们的敬意,两个孩子则流露出自豪,乔治的脸红彤彤的,阿贝莉则笑吟吟的。公爵夫人看见后,问他们:“这些善良的人向我们欢呼致意,乔治,你知道他们为什么这么做吗?阿贝莉,你有什么看法吗?”

“他们本该如此。”阿贝莉回答道。

“这是他们的职责。”乔治补充。

公爵夫人又问道：“但是，为什么他们要履行这样的职责呢？”

孩子们答不出。于是她接着说：

“让我来告诉你们。三百多年来，克莱瑞德的公爵们，父一辈、子一辈，手执长矛保卫这片土地上的贫苦百姓，让他们放心耕种，安心收获。三百多年来，一辈辈克莱瑞德公爵夫人为穷人纺棉织布，探望残病人员，为新生儿受洗。我的孩子们，你们的祖辈乐善好施、积德行善，才让今天的百姓如此爱戴我们啊。”

乔治陷入了沉思，“我们必须保护那些在田地上辛苦劳作的人。”阿贝莉则说：“我要为穷苦人民纺棉织布。”

他们边说边想，踏上了一片花朵盛开的草地。远处的地平线上隐隐约约有座青山的模糊轮廓。乔治指着东方问道：“远处的那个东西是钢盾吗？”

“不是，那是一个像月亮那么大的圆圆的银纽扣。”阿贝莉答道。

“孩子们，那不是钢盾，也不是银纽扣。”公爵夫人对他们说道，“那是阳光下闪闪发光的湖泊。从这儿看过去，湖面水平如镜，走近看却波纹起伏。湖泊周边看着像是被金属切割过似的，非常整齐，其实水里长满了开满芦花的芦苇，那些芦花像是宝剑锋刃上闪闪烁烁的寒光。每天清晨，湖面上都会升起一层白雾。中午时分，在阳光的照射下，从远处看去就像是一面闪着光芒的盾牌。可是，大家从来都不打湖边走，因为那湖里住着很多水妖，她们会把路过的人拽进水晶宫里。”

话音刚落，教堂的钟声敲响了。

公爵夫人说：“我们下马吧，走到教堂里去。当年东方的三圣人来马棚朝拜耶稣基督时，他们既没骑大象，也没骑马。”

他们听完了牧师的弥撒。公爵夫人手里端着圣水，走出教堂，这时，一位衣衫褴褛的老妪突然跪倒在她的面前。公爵夫人把圣水端给那位老妪，说道：“老妈妈，您喝吧！”

乔治看着，心里非常惊讶。

公爵夫人说道：“孩子，你知道吗，我们的上帝基督耶稣最关怀贫苦的人们。你受洗的时候，除了正直的洛克诺尔斯伯爵是教父外，一位和这位老奶奶一样的乞丐也是您的教父。你的小妹妹，阿贝莉，她也有一位穷苦的教母。”

那位老妪参透了小男孩的心思，就往他身边靠，语气嘲讽地说：“英俊的王子，祝福您将来拥有的王国能和我失去的一样多。我曾是珍珠岛和黄金山的王后，我的餐桌上每天都摆满了十多种各式各样的鱼，还有一位仆人专门服侍我，为我提裙子的下摆。”

公爵夫人问道：“老妈妈，您遭遇了什么厄运，让您丧失了群岛和山脉？”

“我惹怒了小矮人，他们把我从领土上赶了出来，害得我背井离乡沦落到这儿。”

乔治禁不住问道：“那些小矮人有这么厉害？”

老妪答道：“小矮人们生活在地下，他们懂得炼铁，认识名贵的矿石，还知道如何开掘泉水。”

公爵夫人问：“那您是怎么得罪地他们呢？”

老妪说：“那是十二月的一个晚上，一个小矮人过来找我，想让我批准他们在城堡的厨房里办一场盛大的晚宴。我的厨房比客厅还宽敞，里面摆满了各式各样的锅碗瓢盆、水壶、烤架、酒具模子、各类金银铜器具，还有一个吊着的大铁锅。他还保证不会损害任何东西，保持井井有条。我没同意他的要求，那个小矮人走的时候嘴里嘟囔着几句诅咒的话。第三天晚上，也就是圣诞夜，那个小矮人又来了，身后还跟着一群小矮人。当时我正在卧室睡觉，他们把我从床上拖了下来。我就这样穿着睡衣，被他们扔到了一个陌生的地方。他们临走的时候告诫我：‘我们给你们淘金子、挖泉水，你们这些有钱人连一点钱都不分给我们这么勤劳善良的小矮人，这就是你们的报应！’”

那位老婆婆牙齿都掉光了，絮絮叨叨地讲完故事后，公爵夫人安慰了她几句，还给了她一些钱。然后，夫人带着两个孩子沿原路返回城堡。

第六章　站在高处眺望

从教堂回来后，没几天，阿贝莉和乔治趁大家不注意，偷偷地爬上了克莱瑞德城堡中央的塔楼。爬到塔顶天台的时候，这两个孩子拍着手、扯开嗓子尽情地尖叫。

他们看见远处山麓上棕一块、绿一块的庄稼地；还看见在遥远的地平线上，深蓝色的树林和山峦。

乔治大声说：“妹妹，妹妹，快来看，我们看见了整个世界！”

阿贝莉说：“世界可真大！”乔治接着说，“老师们说世界非常大，但是，格特鲁德管家说，眼见为实。”

他们在平台上走了一圈。

阿贝莉喊道：“哥哥，太有趣了！城堡在地球的中心，塔楼是城堡的中心，现在我们站在塔楼上，那就是我们站在地球的中心喽！哈哈！太好玩了！”

确实如此，塔楼处于正中央，辽阔的地平线向周围铺展开来。

“我们站在地球的中心！哈哈！”乔治重复了一遍阿贝莉的话。

然后两个人漫无边际地想开了。

阿贝莉说：“太可惜了，世界太大了！有的人会迷路，有的人会和亲人朋友走散。”

乔治耸耸肩，不以为然，他说道：“世界这么大，多好呀！我们可以四处探险。等我长大了，我要征服地球另一端的群山。月亮就在那些山上，在它经过的时候，我把它摘下来，送给你，阿贝莉。”

“好啊！阿贝莉说，“你要是送给我，我就把它戴在头发上。”

然后他们像看地图似的，忙着辨认自己熟悉的地方。

阿贝莉什么都没认出来，但却说："我都认出来了，就是说不明白，覆盖在山坡上那些方形的小石头是什么呀？"

乔治说："那是房屋呀！都是房子。妹妹，你没看见我们克莱瑞德公国的首都吗？那可是座大城市，有三条大马路，有条街上还有车呢！你还记得吗，上次我们就是沿着那条路去教堂听弥撒。"

"那么那个弯弯曲曲的水沟是什么呀？"

"那是河呀！看见下游的那座古老的石桥了吗？"

"就是咱们在下面钓小龙虾的石桥？"

"就是那座桥。一个桥洞下面还有一座无头的女人石像。不过，石像太小了，我们从这儿看不见。"

"我想起来了。可是她为什么没有头呢？"

"可能是丢了吧。"

对乔治的解释，阿贝莉没表态，她又开始往远处眺望。

"哥哥，哥哥，快看，山下闪烁光芒的是什么？那是个湖？！"

"是湖。"

望着那神秘的湖泊，他们想起了公爵夫人给他们讲过的故事——在湖泊里住着一群水妖。

"我们去那儿吧！"阿贝莉提议。

乔治吃惊得张大嘴巴。

"可是，公爵夫人不让我们单独外出，我们怎么能跑那么远，到地球的那端看大湖呢？”

“我也不知道该怎么去那儿。不过，你是男子汉，还有那么多老师教，你应该知道怎么办。”

乔治生气地说：“男子汉！是男的都可以成为一个男子汉，甚至是勇敢的男子汉，但他们也未必知道地上的路该怎么走呀！”阿贝莉有些刻薄地说：“虽然我没说过要去征服世界上最远的山，也没说要摘下天上的月亮，我不知道怎么去大湖，但我一定会找到去那里的办法！”这番话羞得乔治满脸通红，一直红到耳根。

乔治有些不好意思，假装要笑。

“你这样真像一根小酸黄瓜。”阿贝莉说。

“酸黄瓜可不会哭，也不会笑。”

“如果它们会笑，肯定就是你这副模样。我要一个人去找大湖，去找湖里的水妖啦，你呢，你就一个人在城堡里玩吧，像个小姑娘似的好好呆着吧。到时候，我把布娃娃和针线包留给你。乔治，好好照顾我的布娃娃呀！”

阿贝莉的话刺激了乔治，他知道小妹妹在嘲笑他。于是灰心丧气地垂下头，很没底气地说：“那好吧，我们去吧，我们去找大湖。”

第七章　去湖边

第二天吃过午饭，在公爵夫人回到自己房间后，乔治牵起阿贝莉的手，对她说：“走吧！”“去哪呀？”“嘘！”乔治没有告诉阿贝莉答案。

他俩悄悄溜下楼梯，穿过庭院。经过后门的时候，阿贝莉又问乔治，他们要去哪儿。

“去大湖。”乔治坚决地答道。阿贝莉张大了嘴巴，哑口无言。不经大人同意私自去那么远的地方，而且还穿着缎子鞋！阿贝莉的鞋是缎子做的。这实在是太不可思议了。

“快走吧，别磨磨蹭蹭的了！”

乔治心里得意洋洋。之前是阿贝莉让他觉得很丢脸，现在轮到他让阿贝莉目瞪口呆了。这次乔治礼尚往来，又把布娃娃送回给阿贝莉了。女孩们总是信誓旦旦地要去探险，真上场时就临阵脱逃了。阿贝莉也有这个通病，那好吧，她自己一个人呆在家里好了，乔治决定说走就走。

阿贝莉拽住乔治的胳膊，乔治却把她推开了。阿贝莉双手搂住乔治的脖子，抽抽噎噎地说：“小哥哥，我要跟你一起去。”

看见阿贝莉这么真诚，乔治心里很感动。

“快出发吧！可是我们不能从城里走，那样会被发现的。我们顺着围墙，穿过小路，就能走到大路上了。”乔治说。

两个小家伙手牵着手上路了，乔治边走边解释他的计划。

“我们就沿着上次去教堂的那条路走，上次我们就是从那儿看见的大湖，然后我们就按照蜜蜂的飞行路线穿过田野，就能到达湖边了。”

“蜜蜂的飞行路线”是表示“走直线”的乡间土语，阿贝莉在法语里的含义正好是蜜蜂，所以他俩都不约而同地笑了。

水沟边开满了各色野花，白色的毛蕊，紫菀属植物，还有菊花，阿贝莉采了些花，扎成了一小把，抱在怀里。这些花在阿贝莉的手心里很快就枯萎了，真让人觉得可惜。经过那座古老的石桥时，阿贝莉实在不知道该拿这些花如何是好，她用河水冲冲花，心想没准可以新鲜过来，后来她还是决定把她们献给“无头女人”。

阿贝莉求乔治把她高高地抱起来，她好把手里捧着的花束放在那个年深日久的石雕合着的手里。

走了一段路后，阿贝莉回头看，发现石雕的肩上落着一只鸽子。

他们又走了好一会儿，阿贝莉说：“我渴了。”

“我也渴了。”乔治回答道，“可是我们早过了小河，离得太远了，附近没有小溪，也没有泉水。”

“太阳太晒了，把小溪和泉水都烤干了。我们可怎么办呀？”

他们说着，心里很难过，正好遇见一位迎面走来的农妇，她胳膊上挎着一篮子水果。

“樱桃！”乔治高喊。“真可惜！我们没钱买。”

“我有钱！”阿贝莉兴高采烈地答道。

她从口袋里掏出了一个小钱包，里面装着五枚金币。

她对那位农妇说："好阿姨，能卖给我们些樱桃吗？可以用我的裙子装。"

阿贝莉两手把裙子兜起来，那位农妇往里面撒了两三把樱桃。阿贝莉用一只手拽着提起来的裙子，另一只手递给农妇一枚金币。

"这个够吗？"

农妇紧紧攥住金币，那枚金币不但买那一整篮子樱桃绰绰有余，还能买下一整棵樱桃树，和长着樱桃树的那块土地。

狡猾的农妇却答道："小公主，您给我这些我就已经很高兴了。"

"那您再往我哥哥的帽子里放点，我再给你一枚金币。"阿贝莉说。

农妇往乔治的帽子里放了些樱桃。她边走边寻思该把这两枚金币藏在旧袜子里还是压在床垫子下边呢。

两个孩子又上路了，他们一边吃着樱桃，一边往路两旁丢石子。有的樱桃杆上长了一对樱桃，乔治挑了几个，给阿贝莉当耳坠。看着阿贝莉脸颊上面摇摇晃晃的粉红色水果耳环，乔治笑得乐不可支。

他们一路上兴高采烈。突然，一块卵石钻进了阿贝莉的小鞋子里，把阿贝莉的脚磨疼了，走路一瘸一拐的。她每走一步，金色的卷发就扑打到脸上。阿贝莉跛着脚走到路边的斜坡，坐了下来。乔治跪下去，把她的缎子鞋脱了下来。他晃了晃鞋，从里面掉出一颗白色的小石子。

太阳开始下沉，天空光芒万丈，一阵微风吹过，轻抚他们的脸颊和脖颈，两个小探险家又精神焕发，高兴地踏上探索之旅了。他们手牵着手，快快乐乐地走着，看见两人的影子在面前融为一体，哈哈大笑。他们唱着歌：

“有个少女玛丽安，
骑着小驴詹詹，
驮着几袋玉米，
要去磨坊磨面。
可爱的少女，
可爱的玛丽安，
她骑着小驴詹詹，
走在去磨坊的路上。”

阿贝莉突然不唱了，哭喊道：

“我的鞋丢了，我的缎子鞋丢了。”她的鞋确实掉了。那只小缎子鞋的鞋带是绸子的，走着走着就松开了，丢在了马路上，落满了尘土。阿贝莉回过头去，看见克莱瑞德城堡消失在远处的暮色里，心里觉得非常沮丧，眼泪扑簌簌地掉了下来。她哭着说：“大灰狼会把我们吃了的。妈妈再也见不到我们了，她会伤心死的。”

乔治帮阿贝莉穿上鞋子，安慰她：“我们一定可以在晚饭铃声响起前，赶回克莱瑞德。快走吧！”

他们又哼起了歌，

“晚上，磨坊主看见玛丽安骑驴而来，
他情不自禁地哭了出来，
亲爱的玛丽安，要拴牢你的驴，
是它把我们带到一起。”

“大湖，阿贝莉！快看，大湖！大湖！”

“乔治，是大湖！”

乔治兴奋地大声欢呼，把帽子抛向了空中。阿贝莉穿戴得非常漂亮，实在不愿意扔帽子，但她还是高高兴兴地把脚上的鞋子脱了，往头顶上抛。

山谷底部，湖水滔滔，波光粼粼，倾斜的堤岸蜿蜒开来，像植物的脉络，银白色的波浪看起来像素色的花朵。湖水清澈见底，水平如镜，阵阵微波拂过岸边朦胧的绿草。

两个孩子却找不到穿过灌木丛的路，也到不了美丽的湖泊。

正在他们四处找寻出口的时候，一群鹅用嘴夹住了他们的大腿，放鹅的小女孩穿着羊皮衣服，手里拿着根鞭子。乔治问她叫什么名字。

“季蓓特。”

“那么，季蓓特，要去大湖该怎么走呢？”

“没人去大湖。”

“为什么呢？”

“因为……”

“那假如有人要去呢？”乔治又问道。

“如果有人要去，他们得找到通往大湖的路，沿着路走就能找到了。”

听见这位放鹅姑娘的回答，乔治实在是不知道该如何作答。

他说道：“走吧，再走远点，我们肯定能找到穿过树林的道路。”

阿贝莉说：“我饿了，路上我们可以捡点坚果吃。下次我们再去大湖，可得带满满一包好吃的。”

乔治回答说：“妹妹，下次我们肯定带吃的。我们的侍卫弗朗克尔太聪明了，他要去罗马的时候，怕自己路上又渴又饿，带了一块火腿和一瓶酒。我们还是快点走吧，虽然不知道是几点了，但确实是越来越晚了。”

“牧羊人看太阳能知道时间。可我不是牧羊人。可是我们离开城堡的时候，太阳照在头顶，现在它沉到那边了，落到了克莱瑞德城堡和整个公国的后面。我不知道太阳是不是每天都会这样变化，这到底有什么含义呢？”阿贝莉说道。

他们正望着太阳，突然马路上尘土飞扬，一队骑兵全速驶过，他们佩戴的武器闪闪发光。两个孩子被吓到了，战战兢兢地躲进了矮树丛。他们以为是遇到了强盗或者食人魔。其实那是公爵夫人派出来寻找两位流浪家的卫兵。

两位小探险家在矮树丛里发现了一条小路，可是小路太窄了，根本不能手牵着手，肩并着肩一起走，只能一前一后地走。小路上没有人的脚印，只有数不清的小爪印。

阿贝莉说："可能是一些小魔鬼的脚印。"

乔治说："没准是鹿的。"

到底是什么的脚印到底没弄清楚。不过可以确定的是顺着小路走，经过一个缓坡，可以一直走到湖边。出现在两个孩子面前的是一幅澄澈安静的图画。堤岸上的垂柳洒下温柔的绿荫，芦苇细长的叶子之间开着美丽的芦花，在水面上轻轻摇曳。一丛丛芦苇就是一座座小岛，在小岛周围铺展着一片片荷叶，荷叶上盛开着洁白的荷花。扑扇着红翅膀、绿翅膀的蜻蜓在花草之间来来回回，形成一道道变幻万千、五光十色的弧线。

两个孩子太高兴了，他们把磨起泡了的小脚丫放在湿漉漉的沙地上。地上长满了一簇簇水藻和叶片细长的香蒲草。在静寂的湖边，细细的菖蒲枝叶纷纷向孩子们点头，带来阵阵馥郁扑鼻的芳香；车前草在微风中摇曳，问候孩子们，里面还零星地点缀些紫色的小花。

第八章　乔治的际遇

阿贝莉穿过两排柳树之间的沙地，一个小精灵从她面前跳进了湖里，荡起一层层波纹，波纹慢慢向外扩大，最终渐渐消失。那只精灵是一只白肚皮、绿身子的小青蛙。周围万籁俱静。一阵微风拂过水面，吹起的层层涟漪，仿佛是美丽的微笑。

“湖水真漂亮！可是我的鞋子破了，脚流血了，而且我也饿了。真想快点回城堡呀！”阿贝莉又想回家了。

“妹妹，快坐草地上。我要用树叶把你的脚包起来，既凉快又舒服。然后我去给你找点吃的。我看见那条路的上面有些熟了的黑莓。我去把最甜最好的采回来给你。把你的手帕给我吧，离这里不远的树荫下有一排脚印，那儿有草莓，我要给你采回来一手帕草莓！我还要把每个口袋都装满坚果。”

在湖边的一棵柳树下，乔治为阿贝莉铺了一个草床，就跑去找吃的了。

苍白的天空上出现了第一批星星，阿贝莉躺在草床上，双手合十，盯着闪烁的繁星。慢慢地，她的眼睛合上了。恍惚之中，她好像看见头顶上出现了一个骑着乌鸦的小矮人。但这并不是在做梦。因为确实有一只驾着乌鸦的小矮人在她的头上盘旋，他勒紧缰绳，在阿贝莉的上方停了下来，瞪着他的圆眼睛盯着阿贝莉，然后像烟尘似的飞驰而去。

乔治采完果子回来时，阿贝莉还在熟睡，于是乔治把果子放在她身边。然后他走到湖边等阿贝莉睡醒。碧绿的湖水上笼罩着一层柔和的薄雾。猛然间，月亮跳上了枝头，水面上仿佛跳跃着数不尽的星光。

可是乔治发现照耀在水面上的光芒并不都是月光，因为湖里出现了一环环蓝色的光焰，随风摇曳，波光粼粼，好像在跳舞。乔治马上发现，那些蓝色的火焰照耀在女人苍白的脸上，她们从浪花里涌出来，面容娇美，带着用海草和贝壳编织的皇冠，海绿色的长发披散到肩膀，缀着珍珠的薄纱遮在胸前。乔治认出来这就是水妖，准备转身就跑。可是她们用冰冷的白胳膊一把拽住了他，无论他怎么挣扎、怎么喊叫都无济于事。就这样穿越各种岩石和水晶，乔治被拖入了水底。

第九章　阿贝莉遇见小矮人

月亮爬到了湖面上，水面上反射着细碎的光亮。阿贝莉还没有睡醒。之前看着她的那个小矮人又骑着乌鸦回来了，他身后还跟着一群小矮人。每个小矮人都长着长及膝盖的白胡子。他们和小孩子一样高，相貌却像老人。这群小矮人系着皮围裙，腰间挂着锤子，看起来应该是金匠。他们走路的样子也很奇怪，蹦得非常高，还会翻奇怪的跟斗，灵活得让人难以置信。这些小矮人看起来不像是人类，倒更像是精灵。可是即便他们顽皮地翻滑稽的跟斗，他们的表情还是那么严肃，他们到底是什么性格，没人能搞得清楚。

小矮人们在熟睡的阿贝莉周围围了一个圈。

那个骑着乌鸦的最小的小矮人说道："怎么样，我没骗你们吧？我跟你们说我在湖边遇见了一位在熟睡的可爱的公主，我没说错吧？你们是不是要谢谢我把你们带到这儿来？"

“鲍勃，谢谢你！”一位年长的诗人模样的小矮人回答道。“世界上确实没有比这位小公主还可爱的东西了。她比山峦里升起的曙光还要娇艳；她金黄色的秀发比我们冶炼的金子还要亮泽。”

“说得对，皮克，说得太对了！”小矮人们异口同声地说。“可是，我们该拿这位可爱的小姐怎么办？”

那位诗人模样的小矮人不知该如何回答，因为他和他的同伴一样都不知道该拿这位漂亮的小姐如何是好。

“我们编一个笼子，把她关里面。”一位叫罗格的小矮人提议。

另一个叫迪格的小矮人强烈反对这个提议。迪格认为只有野兽才会被关在笼子里，没有什么可以证明这位漂亮的小姐和野兽是同类。

可是罗格坚持己见，因为他根本没有别的主意。他很狡猾地为自己的提议辩驳：

“如果她不是猛兽，关在笼子里后，也会变成猛兽，到那时笼子就有用了，而且非用不可，绝不能少。”

他的逻辑惹得小矮人们很生气，其中一位叫泰德的小矮人义愤填膺地谴责了他。泰德是个心地善良的小矮人，他提议把这个漂亮的孩子送回到她父母身边，他觉得她一定是富贵人家的小姐。

但是这个提议也被否决了，因为这不符合矮人国的风俗。

泰德说：“我们应该按正义办事，不能仅凭风俗。”

没人听他讲话了。小矮人们七嘴八舌地各抒己见。这时一位叫保罗的单纯正直的小矮人说话了，他说："我看这位小姐很难自己醒过来了，我们得赶快把她弄醒；如果她就这样在湖边睡一晚上，明天一早眼睛就会红肿，也就没现在这么漂亮了。在湖边的树林里睡觉对身体不好。"

他的建议和大家的提议毫不冲突，所以得到了大家的一致通过。

那位看起来像历经沧桑的老诗人模样的皮克走到阿贝莉身边，严肃地望着她，以为自己看她一眼，这位熟睡的女孩就会醒来。不过，皮克高估了自己的能力，阿贝莉仍双手交叉，睡得香甜。

看见这一幕，善良的泰德轻轻地拽了拽阿贝莉的衣袖。于是，阿贝莉轻轻睁开双眼，用胳膊支起身子。当她发现自己躺在青苔上，周围围着一群小矮人时，还以为自己在做梦。阿贝莉以为自己睡在自己的房间里，于是她揉了揉双眼，想再睁开一点，好让眼前这些奇怪的景象消失，看见早晨照进蓝色房间里纯净的阳光。她睡得太久了，脑袋有点迟钝，记不起来湖边冒险的事了。她揉揉眼睛，可是毫无效果，小矮人们还是没走，她不得不相信这不是梦，是现实。她害怕地望了望周围，只看见那片树林，她想起是怎么回事了。

"乔治，我的乔治哥哥！"阿贝莉惊恐地大喊。小矮人们向她靠拢。阿贝莉害怕看见他们的脸，把脸埋进手掌。

她边抽噎边嘟囔："乔治！乔治！我的乔治哥哥在哪呢？"

小矮人们不知道答案，所以没法回答她。阿贝莉想起了妈妈和哥哥，哇哇大哭。

保罗想陪着她一起哭；不过，他还是说了几句模模糊糊的话，算作安慰。他对阿贝莉说："不要太伤心了。你长得这么漂亮，哭坏了眼睛就不好看了。你的故事一定非常有趣，跟我们说说吧。我们都很乐意听。"

保罗说的什么，阿贝莉根本就没听进去。她想赶紧站起来，逃走，可是她的双脚都磨肿了，鞋子也丢了，她疼得厉害，倒在了地上，哭得更欢了。泰德把她抱住，保罗轻轻地吻了她的手。这样阿贝莉才敢看他们，小矮人们的脸上都写满了同情和关切。阿贝莉觉得皮克像一个有灵性又非常单纯的人。阿贝莉发现这些小矮人非常友善后，对他们说：

"小矮人们，太可惜了，你们长得不好看。不过如果你们能给我点吃的，我还是会爱你们的，我现在太饿了。"

所有的小矮人齐声喊道："鲍勃，快去找点吃的来！"

鲍勃骑着他的坐骑飞走了。可是小矮人们都觉得这个小女孩说他们难看对他们不太公平。罗格非常生气。皮克却想："她还只是一个孩子，看不见我们眼睛中闪耀的天才之光，这天才之光赐予我排除万难的力量和引人深思的魅力。"保罗心想："可能我不该把这个说我们丑的小丫头弄醒。"只有泰德一个人微笑着对阿贝莉说："亲爱的小姐，你越喜爱我们，就会发现我们并不难看。”

他话音刚落，鲍勃就骑着乌鸦飞回来了。他拿着一只金盘子，盘子里面放着烤好的山鹑、一块白面包，还有一瓶葡萄酒。他翻了无数跟头，把这份晚餐放到阿贝莉脚边。

阿贝莉边吃边说：“小矮人们，你们的晚餐好吃极了！我叫阿贝莉，我们一起去找我哥哥吧，然后一起回克莱瑞德，我妈妈一定等我们等着急了。”

善良的小矮人迪格告诉阿贝莉她现在根本没法走路，还说她哥哥那么大了，肯定能自己找到回家的路，还让她放心，因为森林里所有的野兽都被打死了，他不可能遇上危险。

迪格又补充道：“我们会给你做一副担架，上面铺上树叶和青苔，你就睡在上面。依照我们矮人国的风俗，我们会把你抬到山里，让你见我们矮人国的国王。”

小矮人们都鼓起掌来。阿贝莉看了看自己磨坏了的双脚，不再说要去找哥哥了。森林里没有野兽的消息让她很是欣慰，而且她也愿意相信自己，愿意相信小矮人的友谊。

小矮人们都忙着搭担架，带着斧头的小矮人抡起斧头，用力砍两棵小杉树的树根。见此情景，罗格又想起了他的提议。

“要不，我们不做担架，做笼子吧！”

他这句话招来了大家的谴责。泰德鄙夷地看着他说道：

“罗格，你不像小矮人，倒更像人类。不过值得庆幸的是，矮人族里最坏的人也是最愚蠢的一个。”

担架做好了。矮人们蹦到半空，飞快的飞刀砍下树枝，心灵手巧的他们在林中的空地上搭了一把椅子，在上面铺满青苔和树叶，而后让阿贝莉坐在了上面。然后小矮人们抓紧两根木杆，放在肩上。他们向着大山出发了！

第十章　洛克国王热烈欢迎阿贝莉

小矮人们沿着一条蜿蜒的小路爬上了一座树木茂密的山坡。灰绿色的矮橡树林里，随处可见光秃秃的、生锈的花岗岩石；在棕红色的大山和青黑色的峡谷之间是荒凉无人的萧条景色。

鲍勃骑着他的乌鸦，带领着这支队伍前进，走过了一条荆棘密布的缝隙。如果曙光也会受到惊吓，会喊妈妈，想逃跑的话，那么金发披肩的阿贝莉就像是从山峦中升起的曙光。当她恍恍惚惚地看见隐藏在岩石深处，全副武装的小矮人时，她就像被吓坏了的曙光一样。

小矮人们手握弓箭、手拿长矛，一动不动地站着。他们穿着的兽皮大衣和挂在腰间的佩刀让他们看上去非常可怕。在他们身边放着一些长着羽毛的猎物。不过看着这些狩猎者的脸庞，你就会发现其实它们并不凶残；恰恰相反，他们看起来和树林里的小矮人一样温和而严肃。

在他们中间，站着一位器宇不凡，非常威严的小矮人。

他耳朵上别着一只公鸡翎,头戴一顶镶着许多宝石的皇冠,穿着披风,露出肌肉强健、带着金手镯的双臂。他的腰带上挂着一只雕着银花的象牙号角。这位小矮人的左手静静地搭在长矛上,右手遮在眼睛上,向阿贝莉和阳光的方向眺望。

从森林里回来的小矮人说:“洛克国王,我们把在森林里遇见的漂亮女孩给您带回来了。她叫阿贝莉。”

洛克国王说:“做得好。根据我们矮人国的风俗,她将和我们生活在一起。”

洛克国王朝阿贝莉走去,温柔地对她说:“阿贝莉,欢迎来到矮人国。”他说话的语气非常温柔,因为他发现自己已经对这个女孩产生了爱怜。他踮起脚尖,亲吻她从担架下垂下来的那只手。他保证不但不会伤害她一根汗毛,还会满足她的所有愿望,无论是项链、镜子、克什米尔的羊毛制品还是中国的丝绸,只要她想要的,都会给她。

“我想要一双鞋。”阿贝莉说。

于是,洛克国王用他的长矛朝岩壁上的一个铜盘敲了几下,瞬间就从岩洞里跳出了一个球一样的东西。那个东西越变越大,最后变成了一个小矮人。他的样子让人想起画家们给大将军贝利赛尔画的脸谱。但这个小矮人带着皮围裙,看起来他应该不是将军,而是个鞋匠。

其实,他正是矮人国里的制鞋总管。

国王对制鞋总管说:“特鲁,从我们的仓库里挑选出最柔软的皮革,再拿些金银丝线,向我的司库要一千颗长在水里的最好的珍珠,用它们给我们的阿贝莉做一双鞋。”

国王说完后,特鲁立即扑到了阿贝莉脚下,认认真真地量她的脚长。

阿贝莉说:“小洛克国王,我想马上就穿上您允诺给我的那双漂亮的鞋子,因为我要赶快穿上鞋,回克莱瑞德,找我妈妈。”

洛克国王回答说:“你会有那双鞋子的。但是不是回到克莱瑞德,而是在山林里散步,因为你不能离开我们的王国,你要在这里学习很多地面上的人类想也想不到的道理。矮人比人类优秀,能来到我们中间,和我们一起生活是你的福气。”

阿贝莉却说:“这是我的不幸。小洛克国王,给我一双木鞋吧,就是农民穿的那种木鞋,放我回克莱瑞德吧!”

但是洛克国王却摇了摇头,表示这根本行不通。阿贝莉双手合十,温柔地对洛克国王说:

“小洛克国王,让我走吧,我会永远记得你的,我会像爱我的‘追风’一样爱你的。”

“‘追风’是谁?”

“‘追风’是我那匹乳白色的小马,它的缰绳是粉红色的,它还舔我手里的东西吃呢。在它非常小的时候,马厩总管弗朗克尔每天早晨都把它抱进我屋里,我会吻它。可是现在,弗朗克尔去罗马了,‘追风’长大了,楼梯禁不住它了。”

洛克国王笑了。

“你会不会爱我胜过爱‘追风’？”

阿贝莉说：“我很愿意！”

洛克国王激动地大声说：“太好了！”

“虽然我很愿意更爱您，但我做不到。小洛克国王，我恨你，因为你不让我回去看我妈妈和乔治。”

“乔治是谁？”

“乔治就是乔治，是我爱的人。”

短短几分钟里洛克国王对阿贝莉的喜爱又增加了。他已经打定主意等阿贝莉到了年龄，就娶她为妻。他希望通过他们的结合能化解矮人和人类的矛盾，他担心日后乔治会成为他的情敌，葬送他的计划。一想到这儿，洛克国王就皱起了眉头，低下头，装作漠不关心地走开了。

阿贝莉发现自己惹洛克国王生气了，就轻轻地拽住他披风的下摆。

“小洛克国王，”她的声音温柔里带着哀伤，“我们为什么要让对方不开心呢？”

洛克国王说：“事实如此呀，亲爱的阿贝莉。我不能把你送回你母亲身边，但是我每天晚上都会托一个梦给她，让她知道你过得怎么样，这样也能给她些安慰。”

阿贝莉眼睛里泛着泪光，微笑着说：“小洛克国王，你的主意真好。不过您应该这样做，您要每天晚上都托一个梦给我母亲，让她能在梦里看见我；每天晚上也托个梦给我，让我也能在梦里看见她。”

洛克国王答应了她的提议，他说到做到。每天夜里，阿贝莉都能看见她母亲，公爵夫人也能看见自己的女儿，托梦聊以抚慰她们母女之间的思念。

第十一章 矮人王国里数不尽的珍宝和阿贝莉的玩具娃娃

在地下很深很深的地方有一个非常大的矮人王国。虽然在王国里只能通过岩石间的缝隙瞥见天空，但是这个地下王国的街道、马路、宫殿和长廊并不是笼罩在一片漆黑中。只有一些地方和岩洞比较黑，其他地方都非常明亮。虽然矮人王国里没有灯光和火把照亮，但是天空中的星斗和流星为王国送来神奇的光亮，这神奇的光芒照射着令人叹为观止的奇迹：从岩石裂缝中建造的巨大建筑，用花岗岩建造的宫殿，这些宫殿巍然屹立，高可参天，房顶的岩石一直深入到岩洞拱顶下的雾霭中。一些比月亮稍黯淡的星星透过雾霭洒下橘黄色的光芒。

王国里有很多森严的堡垒，有一座圆形的广场，广场里面有一个半圆形的石阶，一眼望不到边；每口井的井壁都精雕细刻，井很深，永远都触不到井底。矮人国里的万事万物都体现着矮人们超凡脱俗的聪明才智和好奇精神，而他们的天分和身高并不成正比。

矮人们身披用蕨类植物的叶子缝制的带风帽的斗篷，他们灵活地围着这些建筑忙来忙去。你会看见他们从熔岩地面上一下窜上两三层楼高，然后又像皮球似的跳下了。他们的脸上流露出严肃的神情，与雕塑家塑造的古代人类的面孔毫无二致。

没有一个小矮人游手好闲，每个人都忙活得热火朝天。整个街区都回响着敲敲凿凿的响声。看着这群矿工、铁匠、金匠、金箔工、宝石抛光工，像猴子一样娴熟灵巧地拿着十字镐、锤子、夹钳、锉刀在忙活，着实是一件非常有趣的事情。不过，并不是所有地方都这么热闹，有一个地方就特别安静。

这里有许多粗犷、有力的雕塑，无规则的柱子在原始的岩石中间忽隐忽现，看起来可以追溯到远古年代。这里有一座宫殿，殿堂宽敞，门廊低矮；这里就是矮人国国王——洛克国王的宫殿。

阿贝莉的房子正对着宫殿，与其说是房子，不如说是一间小屋。小屋只有一个房间，挂满白色的平纹细布。屋子里的杉木家具散发着阵阵芳香。一束日光从岩石缝隙中射进屋中，在美好的夜晚，可以透过缝隙看见天空的繁星。

阿贝莉没有特定的仆人，因为所有的小矮人都乐意为她效劳，他们想她所想，无微不至，但唯一没想到的是她想回到大地。

知识渊博的小矮人知晓很多深邃的奥秘，他们非常乐意教阿贝莉。因为小矮人不写字，所以他们不是教她书本知识，而是带她去看大山里、平原上的各类植物，观察各种各样的动物和从地层深处采掘到的奇珍异宝。小矮人们用天真快乐的心，给阿贝莉展示着自然界的神奇瑰丽，向她传授工艺技术。

小矮人们非常勤勉，发明了很多神奇的机器，他们用这些机器为阿贝莉做了很多玩具，连地球上最富有的孩子都从未玩过这样的玩具。矮人们为阿贝莉做的玩具娃娃可以举止优雅地移动，还能说出诗一样的语言。矮人们在小剧院搭建了一个有海岸、蓝天、宫殿和庙宇的场景，这些玩具娃娃能在背景下上演十分有趣的故事。虽然这些娃娃没有手臂那么高，但看起来栩栩如生，有的像德高望重的老者，有的是身强体壮的小伙子，还有穿着白色长裙的年轻姑娘，更有给怀里婴儿喂奶的母亲。这些能说会道的玩具娃娃在舞台上表演，好像他们真的心生痛恨，充满爱意或野心勃勃。他们非常娴熟地由乐到哭，把人的天性演绎得惟妙惟肖，总能把观众感动得流泪。每次看到这些演出，阿贝莉都会鼓起掌来。那些暴力的娃娃让她害怕，却对那位曾经的公主，后来成为了寡妇和囚犯，为了救自己的孩子而走投无路只能嫁给野蛮人的娃娃充满怜悯。是那个野蛮人杀了她的丈夫呀！

阿贝莉喜欢看这个节目，那些玩具娃娃变化无穷，让她百看不厌。小矮人们还为她举办音乐会，教她弹诗琴、小提琴、里拉和其他各类乐器。

就这样，阿贝莉成了出色的音乐家，舞台上的玩具娃娃又教会她人类和生活的道理。洛克国王也去看表演，参加音乐会，但他眼睛里看见的、耳朵里听见的只有阿贝莉一个人，渐渐地，他整个心里只有阿贝莉一个人。

日子一天天过去,阿贝莉已经在矮人王国里生活了好几年。她过着快乐的生活,可心里却装满了乡愁。阿贝莉已经出落成了一个亭亭玉立的少女,她独特的经历为她的脸庞增添了某种特质,让她看起来更有魅力,更惹人喜爱。

第十二章　洛克国王的财宝

阿贝莉和小矮人们一起生活了六年。有一天,洛克国王将她叫到自己的宫殿,命令他的司库挪走墙里的一块巨石,那块石头看上去是嵌进墙里的,其实只是挡在墙外面。他们三人顺着巨石后面的入口走了进去,幽暗的石缝很窄,只能容一人通过。洛克国王走在最前面,阿贝莉牵着她紫色长袍的衣角,跟在身后。他们走了很久,有些岩石的接缝非常窄,阿贝莉非常害怕被卡在中间走不了,也退不回去,最后惨死在那儿。在狭窄幽暗的小道上,她总能看见洛克国王的披风。最后,洛克国王到达了一扇铜门前面,他打开大门,一束耀眼的光芒漫溢出来。

"小洛克国王,"阿贝莉说,"我从没想到光亮会这么漂亮!"

洛克国王抓起阿贝莉的手,拉着她走进了大厅,光亮就是从那里照射出来的。

他大声说:"快看!"

可是阿贝莉被光芒晃得睁不开眼睛,什么都看不见。这间巨大的大厅四周都是高耸的大理石廊柱,从地面到房顶都散发着金光。

大厅里有一座用金银砌成的台子，台子光芒万丈，里面镶着珠宝；台子下的台阶铺着厚地毯；台子上立着一座黄金象牙宝座，上面是用半透明的珐琅做成的华盖，华盖旁边长着两棵三千多年的古老棕榈树。棕榈树长在两个巨大的花瓶里，花瓶上的花纹是由矮人王国的能工巧匠精雕细琢完成的。洛克国王登上宝座，让阿贝莉站在他右手边。

洛克国王说："阿贝莉，这些财宝都是我的，你喜欢什么随便挑吧。"

柱子上挂着很多巨大的金盾，它们吸收阳光，再把阳光反射出去，金光万丈。宝剑和长矛相互交叉，剑尖和矛头熠熠闪光。墙边摆满了桌子，桌子上放着高脚杯、长颈壶、水壶、圣餐杯、圣体杯、圣盘、平底大口杯、金质酒杯、镶着银环的象牙质饮水号角，水晶瓶、镂花的金盘银盘、小匣子、圣物盒、香炉、镜子，选材考究、做工精美的烛台，还有怪兽形状的香炉。有一张桌子上还摆着一副月亮石象棋。

"随便挑吧，阿贝莉。"

可是阿贝莉的目光却越过这些财宝，停留在屋顶的一个开口上，透过那个开口她能望见蔚蓝的天空。她仿佛懂得有了太阳的光芒，这些宝物才会光芒璀璨。她简单地说：

"小洛克国王，我想回到地面上。"

然后洛克国王给他的司库打了个手势，司库掀起厚厚的毯子，露出了一只巨大的珠宝箱，箱子四周装着铁制刀片。打开珠宝箱后，里面射出五光十色、璀璨夺目的光芒，因为每一块宝石射出的光芒都是与众不同的。洛克国王把手伸进了珠宝箱里，璀璨夺目的光芒里，有紫水晶、未经打磨的宝石，光绿宝石就有三种——一种深绿色，另一种蜂蜜绿，还有一种是蓝绿色的，人们管它叫绿玉，是一种引人遐想的宝石；里面还有黄刚玉，像勇士的鲜血一样殷红的红宝石，被人们称作雄柱石和雌柱石的深蓝色宝石和浅蓝色宝石；还能看见红锆石、蓝柱石、绿松石，比曙光更柔和的乳白石、海蓝宝石和叙利亚产的石榴石。所有的宝石都来自遥远的东方，曾被埋在最深最纯净的海底。五颜六色的光晕里，巨大的钻石射出耀眼的白光。

"阿贝莉，快挑吧！"洛克国王对阿贝莉说。可阿贝莉摇了摇头，说道：

"小洛克国王，比起这些珠宝，我更愿意要克莱瑞德城堡顶上一束细碎的阳光。"

然后，洛克国王又命令司库打开第二只珠宝箱，箱子里面装的都是珍珠。这些珍珠圆润纯正，变换的光泽，反射出大海和天空的颜色。它们温和的闪光和表达爱意的心情一样温暖。

"挑吧！"洛克国王又说了一遍。

阿贝莉回答说：

"小洛克国王，这些珍珠让我想起了乔治·布朗西朗德的眼神。我喜欢这些珍珠，但我更爱乔治的眼睛。”

听到阿贝莉这么说，洛克国王转过了头。但他还是打开了第三只珠宝箱，给阿贝莉看一块水晶，那块水晶里面包裹着一滴远古时代的水滴，晃动水晶，里面的水也会跟着动。他还给她看了几块琥珀，琥珀里面栖息着比那些珠宝还要耀眼的昆虫，虽然那些昆虫在里面呆了数千年，但纤细的触角和灵巧的双腿依旧清晰可辨。如果有股力量把它们的香室击碎，它们一定会重新挥动翅膀飞翔。

“阿贝莉，这些都是大自然的珍宝，我把它们送给你。”

“小洛克国王，”阿贝莉回答说，“收好您的琥珀和水晶吧，我不知道怎样才能还里面那只昆虫和那滴水以自由。”

洛克国王凝望着阿贝莉，默默无语。然后他开口道：

“阿贝莉，你能拥有最珍贵的珠宝。你可以拥有珠宝，却不会被珠宝占有。吝啬鬼是财富的奴隶，只有轻视财富的人才会成为真正自由的富人，因为他们的心灵之美胜过了财富的贵重。”

说完这番话，洛克国王示意司库把一只金冠放在软垫上。

洛克国王说：“阿贝莉，收下这件宝贝吧，当做我们对您的爱戴。今后人们会称你为‘矮人国的公主’。”

然后，他亲手为阿贝莉戴上金冠。

第十三章　洛克国王的表白

矮人国举行了盛大的狂欢，庆祝他们第一位公主的加冕。在巨大的圆形剧场胜利地举行了各种毫无恶意、单纯的比赛。有的小矮人们在风帽上别着蕨类植物做的帽徽，有的别着两片橡树叶子，看着别有一番情趣。他们兴高采烈地列队在地下街道上游行。庆祝活动持续了一个月。在这举国同庆的日子里，皮克看起来像一个萌神启发的智者，温柔的迪格感动得热泪盈眶，欣喜若狂的罗格再一次提出要把阿贝莉关进笼子的想法，但这次是为了不让矮人国失去一位这么迷人的公主；鲍勃，骑着他的乌鸦在空中散布兴高采烈的欢呼声，就连他的坐骑，也受他的感染，心情不错地放声唱了好几嗓子。

唯独洛克国王闷闷不乐。

在庆祝活动的最后一天，洛克国王为矮人国的公主和臣民提供了一场无与伦比的宴会。国王坐上了他的王座，神情凝重地说道："阿贝莉公主，我想向你提出一个要求，你有权利接受，也有理由拒绝。克莱瑞德的阿贝莉，矮人国的公主，你愿意成为我的妻子吗？"

洛克国王英俊潇洒，说话时语气肃穆而温和。阿贝莉情不自禁地拉着洛克国王的胡子回答道："小洛克国王，如果只是好玩的话，我愿意做你的妻子，但是不会永远是你的妻子。你刚才说要我嫁给你的时候，我想起了弗朗克尔，我在地面上的时候，他总是给我讲好玩的故事逗我开心。”

听阿贝莉这么说，洛克国王失望地把头转了过去，但阿贝莉还是看见了他眼里的泪。阿贝莉觉得很难过，因为是她伤了洛克国王的心。

她对洛克国王说：“小洛克国王，我爱你是因为你是小洛克国王。我没办法嫁给你。我无意冒犯您，您让我想起了弗朗克尔，他写一手好歌，总能逗我开心。要不是因为灰头发和红鼻头，他一定也是个美男子。”

国王回答道：“克莱瑞德的阿贝莉，矮人国的公主，我爱你，希望有一天你也会爱我。即便你不会爱我，我对你的爱也丝毫不会减少。请对我实话实说，算作对我们之间友情的唯一报偿。”

“小洛克国王，我保证永不欺骗您。”

“那么，阿贝莉，请如实告诉我，你是否爱着谁，想嫁他为妻？”

“小洛克国王，我并没爱着这样的人。”

听见阿贝莉这么说，洛克国王笑了，他端起金酒杯，用洪亮的声音让大家为矮人国公主的健康干杯。巨大的祝酒声、欢呼声响彻了整个地下宫殿，矮人国一片和乐。

第十四章　又见母亲，却不能相拥

戴上金冠的阿贝莉不像以前那么快乐了。以前，她金黄色的卷发松散地披在肩上，总是活蹦乱跳地跑到铁匠铺，找她的老朋友——皮克、泰德和迪格，拉拉他们的胡子。他们的脸膛被炉火照得通红，冲着她露出高兴的笑容。可是，现在呢，这些以前在她膝上跳舞，管她叫“阿贝莉”的小矮人，却对她毕恭毕敬。每当她走过，他们都保持肃穆的沉默。阿贝莉很伤心，因为她再也不是曾经的小孩子了；她成了矮人国的公主，但这个身份令她难过。

自从她看见洛克国王因为自己而哭泣后，她再也不敢见他了。但是，她爱洛克国王，因为他心地善良。假如矮人国也有白天黑夜的话，我们的故事就发生在某一个白天，当时阿贝莉牵着洛克国王的手，陪他走到一个岩石缝旁。阳光透过缝隙照射进来，金色的灰尘在阳光里飘舞。

“小洛克国王，”阿贝莉说道，“我很受煎熬。您是国王，您爱我，但我却很难过。”

“克莱瑞德的阿贝莉，矮人国的公主，我爱你，这就是我把你留下来，让你统治矮人国的原因。我要把我们的秘密展示给你，那要远比地上人类的知识更伟大、更神奇。我们小矮人比人类更博学，更巧妙。”

阿贝莉说：“确实是，但是和小矮人比起来，他们更像我呀！正因如此，我更爱他们。小洛克国王，让我再和我母亲见一面吧，否则我会想念而死的！”

洛克国王一言未发，转身走开了。剩下阿贝莉凄凄凉凉，孤孤单单一个人，她望着照耀尘世万物的阳光，甚至路旁的乞丐都蒙受它的恩泽。阳光渐渐变暗，金色的光辉变成了浅蓝色的光亮。夜晚降临，一颗星星在缝隙上空闪烁。

有人温柔地碰了碰她的肩膀，阿贝莉回过头，看见了身穿黑斗篷的洛克国王。他把搭在手臂上的另一件斗篷披在了阿贝莉身上。

“跟我来！”他说道。

洛克国王带着阿贝莉离开了地下世界。当她看见树木在风中摇曳，流云遮挡了月光，久违了的夜晚浩渺清新；当她再次闻到草木的芳香，童年曾呼吸过的空气重新进入五脏六腑，让她心潮澎湃，阿贝莉情不自禁地长叹口气，心想在这美好的幸福中死去也无妨。

洛克国王用手拉着阿贝莉，虽然他身形短小，但带着阿贝莉对他而言轻如羽毛。他们像鸟的影子一样从地面上滑行而过。

“阿贝莉，一会儿你就能再见到你妈妈了。但是，必须记住，每晚我都会给她托梦，让她梦见你，这样她每天都能看见你的幻影，她对着幻影微笑，和她讲话，关心她。今天，她将看见真正的你。你也将看见她，但是你不能碰到她，也不准和她说话，否则斗篷的魔力就消失了，你妈妈再也见不到你，也见不到你的幻影了。因为她根本就分不出哪个是幻影，哪个是真正的你。”

“放心吧！小洛克国王，我会小心翼翼的！小洛克国王，快看呀！快看！”

山丘上克莱瑞德的瞭望塔黑乎乎的，当他们从克莱瑞德城里长满康乃馨的城墙旁经过时，阿贝莉根本没时间给她挚爱的旧城墙献上一吻。她爬上阳台，上面的萤火虫闪烁着星星点点的光芒。小矮人们熟悉各类金属，无论是门锁、挂锁、门闩，还是锁链、栅栏，矮人们都不在话下。洛克国王轻松地打开了后门。

阿贝莉顺着螺旋形的楼梯往上爬，走进了她母亲的卧室，她激动得双手捂着狂跳不止的心脏。阿贝莉轻轻地推开门，借着天花板上的灯光，她看见床上的母亲。她神态安详，脸色苍白、面容憔悴，太阳穴附近的发丝已经灰白。但在她女儿眼里，此时的妈妈比她记忆里身着盛装骑着马、向教堂驶去时的她还要年轻。和往常一样，妈妈在梦里看见了女儿，她张开双臂，好像是要拥抱阿贝莉。阿贝莉呢，她高兴地哭了，抽噎着，想投进妈妈的怀抱里。洛克国王一把抓起了她，像拿着一根稻草一样，带着她穿越了蔚蓝的田野，返回了矮人国。

第十五章　伤心的洛克国王

阿贝莉坐在矮人国地下宫殿的大理石台阶上，透过岩石缝隙凝望着蔚蓝的天空。石缝边上的年老的树丛开出白色的花朵，它们和阿贝莉一样，渴望阳光。阿贝莉看着看着哭了出来。

洛克国王握住阿贝莉的手说道："阿贝莉，你为什么而哭泣呢？你有什么愿望吗？"这些天来，阿贝莉一直闷闷不乐，小矮人们就坐在她的脚下，为她吹奏简单的曲子，给她弹琴打鼓；还有些小矮人，为了让她高兴起来，在地上一个挨着一个地翻筋斗。他们戴着小风帽，上面插着树叶做的帽徽，一个接一个地翻，帽子尖都扎到草地里去了。看见这些长着大胡子，看起来非常严肃的小矮人，为自己表演杂耍，阿贝莉心里高兴多了。慈祥的泰德、聪明的迪格，从第一次见到躺在湖边熟睡的阿贝莉开始，他们就爱上了这位女孩。皮克，矮人国最年老的诗人，摇着阿贝莉的手，问她因何伤心。保罗是一个非常单纯的人，他给阿贝莉带来了一篮子葡萄。所有的小矮人都拉着阿贝莉的裙角，和洛克国王一起问道："阿贝莉，矮人国的公主，你为什么而哭泣？"

阿贝莉回答说："小洛克国王，还有你们，小矮人们，你们心地善良，我难过反而让你们更爱我，陪着我一起哭。我想起了布朗西朗德的乔治，所以哭了，他现在可能当上了骑兵，可能我再也见不到他了。我爱他，我想嫁给他。"

洛克国王把手从阿贝莉的手中抽了出来，对阿贝莉说："阿贝莉，为什么宴会上你骗我说自己谁也不爱呢？"

"小洛克国王，在宴会上我没有骗您。那时我还没有要嫁给乔治的想法，可是现在，我真的希望他能向我求婚。但是他永远都不会向我求婚了，现在我不知道他在哪里，他也不知道我在哪里，想到这儿，我就哭了。"

听阿贝莉这么说，乐师们的演奏停了；正在翻筋斗的矮人们也停下了，站在地上一动不动，有的头着地，有的腰着地；泰德和迪格默默地流着眼泪，泪水濡湿了阿贝莉的衣袖；单纯的保罗丢下了他那篮子葡萄，所有的小矮人都十分伤心。

洛克国王无比伤心，悲痛欲绝。他一言不发，悄悄走了，身后的王袍拖在地上，像一道紫色瀑布。

第十六章 诺尔给洛克国王带来了好消息

洛克国王不愿让阿贝莉看见他的脆弱，可是每当他独自一人的时候，他就会坐在地上，双手抱膝，心里痛苦无比。洛克国王心里醋意大发，他自言自语道，“她爱的人竟然是他！却不是我！我是英明的国王，拥有无尽的财宝，懂得无与伦比的奥义。我是最优秀的小矮人，小矮人要比人类强得多。她不爱我却爱着一个没我们有见识，没准还一无所知的普通人！她根本就不懂要赏识优点——她的见识有限，我原本该嘲笑她智慧的浅薄，但我却还是爱她。可她不爱我，对世界上的一切我都感到索然无味。”

一连好几天，洛克国王都独自一人，在最偏僻的荒无人烟的山谷里徘徊，他思前想后还是很伤心，有时甚至生出了邪恶的念头，打算把阿贝莉关起来，或者让她挨饿，直到她愿意嫁给他为止。但这个念头刚一出现，就马上被他否定了。难道要去找阿贝莉，跪在她脚下，求得她的爱？他下不了决心，纠结了很久后还是不知何去何从。实际上，阿贝莉是否会喜欢他根本不是他能决定的。

他的怒火突然转向了乔治，他希望这个年轻人被魔鬼带到了很远很远，没人找得到的地方。或者，乔治一点都不喜欢阿贝莉，即使知道阿贝莉爱着她，也会无动于衷。

国王沉思着："虽然我还年轻，但是我活了这么久，也经受过不少痛苦。可是从来都没有这次这么心痛。以前，我心里装满了善良和悲悯，所以从未觉得多么痛苦难捱，总能看到所有痛苦高尚美好的一面。现在却截然不同，我的痛苦无以复加，我悲伤是因为我感到绝望，我开始变得残忍冷酷。我的灵魂现在一片荒芜，眼睛好像被酸水浸泡过，火辣辣地疼。"

洛克国王这样想着。他还担心内心的嫉妒会让他变得失去理智，会心生歹念，于是他尽量避开阿贝莉，不和她碰面，因为他怕自己当着这位姑娘的面会尊严尽失，表现得太脆弱，或者太粗鲁。

可是阿贝莉爱乔治的事实总是折磨着他。有一天，他比平日觉得更难过，于是决定去请教诺尔。诺尔是小矮人中最博学多闻、有见识的人，他住在地下一口深井的井底。

诺尔的家，春夏秋冬四季恒温，而且，井里面一点都不黑，因为有两个小星球——一轮淡淡的太阳和一弯温暖的红月亮，轮流着照亮每一个角落。洛克国王下到井下，在实验室里找到了诺尔。诺尔头戴一顶风帽，风帽上插着一枝野花。虽然博学多才，但他生就一副小老头的和善面孔，留存着小矮人那副质朴真实、天真厚道的模样。

"诺尔，"洛克王边拥抱他，边请教，"我来向你打听一件事，我知道只有你才知道。"

“洛克国王，”诺尔说，“也许我知道不少事情，也许我就是一个笨蛋。但是我总能想到办法知道我不知道的事情。也许正因为这样，大家才知道我，把我当做是一个学者吧。”

“你听说过一个叫乔治的年轻人吗？”

诺尔回答说：“我没听过这样一位年轻人，而且也不打算费心知道。人类那么愚昧无知，还十分歹毒，我才不关心他们想些什么，做些什么呢。洛克国王，整个人类还是有些可取之处的，否则他们就实在太悲惨了，太愚不可及了。在他们那个自大又可悲的种族里，男人大都十分英勇，女人大都非常漂亮，孩子们机灵可爱。和小矮人一样，人类也只有凭劳动才能生存。但他们是这神圣律令的叛逆者，人类醉心战争，疏于劳动，他们宁可互相残杀，也不互帮互助。但是，说实话，他们之所以无知而残忍，主要是由于生命太短暂，根本来不及体悟该如何生活。我们这群生活在地下的小矮人要比他们快乐得多，幸福得多。假使我们不是长生不老，至少也能和地球的寿命一样长。地球用她的胸怀孕育我们，用亲切而无尽的热量温暖我们。可对于地面上栉风沐雨的人类而言，地球送给他们的只是无常的狂风，时而热浪烘烤，时而冷风狂吹，人类在风中出生，也在风中死去。不过人类经历艰辛困苦，遍尝虚伪奸佞的同时，也形成了一种品格，这种品格将他们的灵魂照耀得比矮人们还美。洛克国王，人类的这种品格就是悲悯。悲悯，犹如珍珠，散发出温暖、灿烂的光芒。只有经受过痛苦的人才会心生悲悯，我们矮人们也有悲悯精神，只是不多而已，因为我们比人类聪明，懂得如何避开痛苦。所以有时矮人们需要钻出自己生活的地洞，到地面上去，和人类生活在一起，爱他们，和他们共患难，来体悟人间的悲悯。悲悯就像天堂的露水，能让我们的灵魂焕发生机。洛克国王，这就是人类的真实情况，您刚才是不是向我打听一个人的下落？”

洛克国王又重复了一遍刚才问的问题，于是诺尔走进一间摆满了望远镜的房间。在矮人国是没有任何书籍的，如果能碰上三五本，那也是从人类那里拿来，当摆设用的，望远镜才是他们的字典和工具。人类通过读书写字来学习知识，矮人们则是靠望远镜。他们想了解什么，就挑选合适的望远镜，调准焦距，然后就一目了然了。当然选对望远镜、调对焦是关键。

望远镜的镜头都是用水晶做成的，有的用白水晶，有的用黄水晶；其中用打磨的光滑的大钻石做成的镜头最厉害，看得最远。

小矮人们还有一种特殊的望远镜，它的镜片是用一种透明材质做的，人类闻所未闻。这种望远镜能让视线穿透一切，连城墙和岩石都和透明的玻璃一样。还有一种更奇妙的望远镜，它像镜子似的，能把过去发生的所有故事还原再现，而且不差毫厘。原来，生活在深深的洞穴里的矮人们可以把无穷无尽的宇宙中发生过的各种光线收集起来，能再现过去时光里的各种形象和颜色。他们就利用这些光线，去了解过去的一切。因为这些光线从前曾照耀过人类，照耀过动物，照耀过山石林木，花草虫鱼。历经几百年后，它们又反射到太空，重新普照世间，出现在矮人的视野里。

老诺尔非常善于发现以前的事物，就连那些你想象不到的，比地球还古老的东西，他都能找出来。所以，他可以不费吹灰之力就找到乔治。

他在一架普通的望远镜后面看了一会儿后，对洛克国王说道："洛克国王，您要找的那个乔治在水妖的水晶宫里。那里只能进，出不来。她们的水晶宫正好挨着我们矮人国。"

洛克国王高声喊道，"他在那儿？让他在那儿呆着吧！"他搓了搓手，"好好地在那儿呆一辈子吧！"

他拥抱了老诺尔，乐呵呵地走出了深井。

一路上，他摇头晃脑，笑得前仰后合，胡子在胸前来回摇晃。他笑得多开心呀！有的小矮人看见他笑，也不由自主地跟着他一起笑。他们的笑，又感染了一群小矮人，他们也莫明其妙地笑起来，笑声越传越远，整个地下世界都沉浸在无边无际的笑声里。哈！哈！哈！

第十七章　乔治的神奇历险

但是洛克国王并没有高兴多久。他把自己的脸埋进了被子里，表情十分悲伤。他整夜都在想被水妖囚禁的乔治，彻夜未眠。

第二天一早，当阿贝莉双手紧握，还在她洁白的床上酣睡，小矮人们为她挤牛奶时，小洛克国王又一次动身去深井找老诺尔。

“诺尔，你还没告诉我他在水妖那里做什么呢？”

诺尔以为国王有点神志不清，但他没有明说。因为他知道即便洛克国王变成了疯子，他也会是一个风度翩翩、器宇不凡、幽默风趣的疯子。小矮人的疯癫和他们的理性一样，都十分有趣可爱。不过洛克国王并没有疯，而是恋爱了。

“我说的是乔治·布朗西朗德。”洛克国王对老诺尔说道。可是诺尔早把这个名字忘得一干二净了。

然后，诺尔把一些透镜和镜子在国王面前排好，它们看起来乱七八糟的，其实井然有序。国王可以从镜子里看见水妖抓走乔治时的画面。诺尔精心挑选仪器，灵活地转动方向，让这位恋爱中的国王能看见那位被一朵白玫瑰预言了死亡的伯爵夫人之子的神奇历险。下面要讲的就是洛克国王真真切切看到的画面：

当乔治被湖中水妖冰冷的手臂拖走时，水流冲击着他的眼睛和胸膛，他以为自己快要死了。然后一阵抚慰般的歌声传来，给他的全身都注入了全新的力量。乔治睁开眼睛时，发现自己来到了一个岩洞里，四周的水晶柱反射着彩虹柔美的光芒。在岩洞尽头，有一个散发着温和光芒的巨大的珍珠母，那正是水妖女王的珊瑚宝座。水妖女王的脸上映出比这个珍珠母和水晶还要柔和细致的光彩。她朝着水妖们带回来的孩子微笑，绿眼睛久久地凝望着乔治。

水妖女王终于开口说话了，“朋友，欢迎来到我们无忧无虑的王国。在这里你不用上枯燥的课程，不用做粗鲁的锻炼，地面上那些俗气的东西，在我们这儿无影无踪。我们的王国只有唱不完的歌，跳不完的舞，和水中精灵们对你的爱。”

这些绿眼睛的女子教乔治音乐、舞蹈和上千种娱乐活动。她们的头发上戴着像天上的繁星一样的扇贝，她们也爱这么打扮乔治，把扇贝挂在他的前额上。可乔治思念他的家乡，总是无可奈何地握紧拳头。

一年一年过去了，乔治一直渴望能再见到大地，那太阳炙烤，冰雪蹂躏的大地；人们在那里相爱，在那里受苦的大地；他在那里遇见阿贝莉，也渴望重新回到那里去见她。现在，他已经长成了一位大小伙子，嘴唇上长出了毛茸茸的胡茬。自从长了胡茬，乔治的勇气也与之俱增，有一天他来到水妖女王面前，俯身对她说道：

“女王陛下，我来向您辞行，希望能蒙您允许。我想回到克莱瑞德。”

女王微笑着回答道：“帅气的年轻人，我不会批准你离开的。因为我把你留在水晶宫里，是为了让你做我的爱人。”

“女王陛下，我不值得您如此厚爱。”乔治说。

“您太谦虚了。所有英勇的骑士都相信他们配得上贵妇人的爱情。你还太年轻，暂未能明白您的全部优点。漂亮的朋友，让我来告诉你，你确实值得我的爱情，你要做的就是遵从你的贵妇的旨意。”

“女王陛下，我爱克莱瑞德的阿贝莉。我的贵妇只有她一人。”

“一个俗世中的女子！”女王大声喊道，脸色惨白，却依然非常动人，“一个粗俗的人类女子，那个阿贝莉，你怎么可能爱上她呢？”

“我不知道为什么，我只知道我爱她。”

“没关系，你会忘了她的。”

然后，水妖女王又把乔治关进了她莺歌燕舞的水晶宫里。

乔治不明白女人为何这么奇妙。置身在众多水妖之中的他，更像是身在吕科墨得斯女儿之间的阿喀琉斯，而不是在迷人城堡里意乱情迷的汤豪舍。心情抑郁的乔治沿着水晶宫的城墙一遍又一遍地走啊走，想找到一个逃跑的出口。但是他只看见一座把他牢牢地囚禁，壮观而沉寂的波浪王国。透过透明的城墙，他看见海葵盛开，珊瑚生长，在精美的石珊瑚和闪闪发光的贝壳上，紫色、蓝色、金色的鱼儿甩动尾巴游来游去，闪耀出星星的光芒。如此神奇美妙的场面并没让他感动，他感觉到水妖们在用甜美的歌声安抚她，他的意志渐渐松懈，灵魂也不再那么执着了。

可是有一天，乔治偶然在水晶宫的长廊里发现了一本用大铜钉装订的书，那本书的猪皮封面已残损不堪，从此他不再无精打采、漠不关心了。那本书是中海洋时期遗留下来的，书里讲述了骑士和贵妇的故事，写英雄们的冒险和奇遇，他们追求真善美，为了正义和荣誉，周游世界、惩恶扬善、保护寡妇、收养孤儿。他读着这些波澜壮阔的冒险故事，心里充满了感叹、羞愧和怨愤，脸色也一阵红一阵白。

他喊道："我也要成为英勇的骑士。我要周游世界，以我的贵妇阿贝莉的名义，为了人类的正义，惩恶扬善，济世救贫。"

于是，勇从中来，他拔剑出鞘，闯出了水晶宫。那些白衣女子纷纷从他面前逃开，像湖里荡起的涟漪。唯独她们的女王却气定神闲地朝他走来，一双绿眼睛冷冰冰地盯着他。

乔治跑向女王，高声喊道："快解开束缚我的魔咒，打开通向地面的道路。我要像个骑士一样回到地面上，在阳光下战斗。我要回到人们相爱、受苦和奋斗着的地方！把真实的生活和真实的光明还给我！把我的力量还给我！否则我就杀了你，你这个怪物！"

她面露微笑，然后摇了摇头，表明这根本不可能。女王美丽而沉静。乔治使出全身力气把剑刺向她，可是剑刚碰到她的胸脯就断成了两截。

"孩子呀！"她说道。水妖女王命令把乔治囚禁在她宫殿下面的一间漏斗形水晶牢房。牢房周围是张着血盆大口，露出三排尖牙的鲨鱼，它们游来游去仿佛轻轻一碰就会把牢房那层单薄的玻璃打碎，让里面的犯人胆战心惊，没法合眼。

这间海下牢房建在一块岩层上，那块岩层是矮人国最遥远的一个穹顶，还没有被怎么勘探过。

这就是两个小矮人在一个小时里亲眼所见的情景，画面逼真得就好像他们一直陪在乔治身边，和他一起经历了这一切。老诺尔给洛克国王描述了单人牢房的悲惨，然后像萨瓦人给他们的孩子展示神灯时一样，他对洛克国王说：

“洛克国王，现在您想看到的都已经看到了，您看得一清二楚，我没必要再补充什么了。我并不在意您眼前看到的这些是否让您高兴，看到事实，于我而言已经足够了。科学从不会讨好谁，也不会惹怒谁，它不具备人性。能给人安慰，让人陶醉的不是科学，而是诗歌。因此，诗歌比科学更重要。洛克国王，快去让他们给您唱首歌吧！”

洛克国王走出了深井，没说一句话。

第十八章　洛克国王历经千难万险

离开智慧之井后，洛克国王来到了他的宝库，有一只宝箱只有他一人有钥匙，他从里面取出了一枚戒指，戴在手指上。戒指是用一块神奇的石头做成的，放射出灿烂的光芒，这枚戒指究竟有什么魔力，下文就能见分晓。然后他返回了王宫，穿了一件旅行外套，踏上结实的靴子，还拿了根木棍，就踏上了旅程。洛克国王穿过人来人往的街道、大路，经过村庄，爬过斑岩地道，涉过油层和水晶岩洞。水晶岩洞之间由狭窄的洞口相连。

洛克国王一直都陷在深深的思考里，嘴里嘟哝着没意义的话。但他始终艰苦地向前跋涉。山岭挡住了前路，于是他翻山越岭；脚下裂开悬崖，他便深入崖底；他涉湍流，穿过硫磺蒸汽漫天弥漫的可怕地域；他在灼热的熔岩上印下行行脚印；洛克国王，一个执着的行路人。洛克国王还爬进过很多洞穴，洞穴里海水外渗，顺着海藻像眼泪一样一滴一滴地流淌下来，在崎岖不平的地面上形成泻湖，泻湖里生活着数不清的甲壳动物。在洛克国王脚下，硕大的螃蟹、龙虾、大虾、海蜘蛛发出咔嚓咔嚓的响声，然后丢胳膊断腿，惊惶地逃走。它们的逃窜惊醒了可怕的软体动物和好几百岁的章鱼，它们突然挥动起百十来条触须，从像鸟嘴一样的喙里喷出恶臭的液体。洛克国王始终没有停下来。他一直走啊走，走进了洞穴的尽头，那里栖息着一群群甲壳怪物。它们长着尖头，双面锯齿的钳子，趴在摇晃的树枝上，眼神模模糊糊的，它们的爪子伸到与洛克国王的脖子齐平的高度。他用力抓住凸出来的岩石，爬到岩石的一侧，那些甲壳怪物也追着他爬，他一刻不敢松懈，直到确定摸到了拱顶中间凸出的石头才敢停下来。洛克国王用自己的魔力戒指敲击岩石，随后发出了一声巨响，巨石移开了，刹那间一束亮光伴着瑰丽的光波射进了岩洞，那些在黑暗中喂食的怪物都被吓跑了。

洛克国王从射进亮光的洞口探进头去，看见了牢房里的乔治。当时乔治正一边想着阿贝莉和大地，一边郁郁寡欢。洛克国王终于圆满地完成了解救水妖囚徒的任务。

可是，当乔治看见这个留着长头发、蓄着长胡子、眉头紧皱的大脑袋正从牢房底物盯着自己时，他以为这是一个在威胁着他的巨大危险，于是他连忙摸索身边的佩剑，忘了那把剑已经在绿眼水妖面前折断了。而洛克国王呢，他一直都好奇地盯着乔治。

他自言自语道："嘿，不过是个孩子而已！"确实，乔治不过是个单纯的孩子，正因为他的超级单纯才使他逃脱了水妖女王美好而致命的亲吻。智慧超群的亚里士多德都未必能做得到这一点。

明白自己手无寸铁后，乔治大声喊道："大脑袋，你要干什么？我可从来没伤害过你，你为什么要来害我？"

洛克国王用又高兴又严厉的语气说道："小孩，你不懂因果关系、反射作用还有其他常见的哲学，所以你不知道你是不是伤害过我。可我们不谈这个。如果你不讨厌离开你的牢房，就赶紧出来吧。"

乔治很快爬进了洞穴，顺着岩壁滑了下来，刚落到洞底时，他就对解救他的人说：

"您是一位心地善良的小矮人，我将永远爱您。可是，您知不知道克莱瑞德的阿贝莉现在在哪?”

“我几乎无所不知,但我不喜欢问东问西的人。”洛克国王说。

乔治听见洛克国王这么说,心里很不是滋味。他默默跟着国王走进漆黑的地方,那里面有各类甲壳动物在来回蠕动。突然,洛克国王冷笑着说:

“年轻的王子,可惜这里不通车呀!”

乔治说:“先生,通往自由的道路永远是美丽的。跟在我的救命恩人身后,我一点也不害怕迷路。”

洛克国王咬紧嘴唇。他们到达斑岩地道后,洛克国王将一条石头中凿出的台阶指给乔治看,那是小矮人们为了爬上地面而特意修的。

“这是你的路! 永别了!”他对乔治说道。

“请别和我道别,告诉我我们还会再见。自从您把我救出来,我的整个生命都是您的了。”

“我之所以救你并不是为了你,而是为了一个女孩。我们最好别再见面,你不会喜欢我,我也不喜欢你。”

“我没想到被救出来也会让我痛苦,可我确实感到难过。永别了,先生。”乔治语气庄重地说道。

“一路顺风!”洛克国王粗声粗气地说道。

小矮人凿的台阶通向一个荒废的采石场,那里离克莱瑞德城堡不到一里路。

洛克国王一边往回走,一边喃喃自语,“这个小伙子既不聪明,也不富有,要不是他年轻、英俊、忠诚、勇敢,我实在想不明白阿贝莉怎么会爱上他。”

回到城里后，洛克国王像帮了别人大忙的人一样，脸上笑开了花。当他从阿贝莉的房间经过时，他把自己的大脑袋悄悄伸进屋内，就像他之前把脑袋探进乔治的牢房时一样，他看见阿贝莉正在用银线在一块薄纱上绣花。

“祝愿你快乐，阿贝莉！”他大声说。

“小洛克国王，也祝愿您快乐！愿您心满意足，事随所愿，没有任何遗憾。”

虽然他还有件事情没有如愿，但他确实没有任何遗憾。一想到这儿，他就特别有食欲，吃了很多野鸡肉。后来他叫来了鲍勃。

国王对他说：“鲍勃，骑上你的乌鸦，去矮人国的公主那里，告诉他被水妖囚禁了很多年的乔治今天回到了克莱瑞德城堡。”

话音刚落，鲍勃就骑着乌鸦飞走了。

第十九章　裁缝约翰的奇遇和树林里鸟儿为公爵夫人唱的动人歌谣

乔治重新回到出生的土地上时，见到的第一个人正是那位叫约翰的裁缝师傅。他胳膊上搭着给城堡总管做的红衣服。这位老实人一看见乔治就禁不住大叫起来。

“圣雅克呀！如果你不是七年前在湖里淹死的乔治·布朗西朗德少爷，那你要么是他的灵魂要么是他的幽灵呀！”他惊讶地说道。

“好人约翰，我既不是灵魂也不是幽灵，我就是乔治·布朗西朗德本人呀！我以前常常溜进你的店铺朝您要碎布片，用来给我妹妹阿贝莉的布娃娃做衣服。”

“少爷，这么说您没被淹死？”这位老实人说道，“我太激动了！您看起来气色不错。我孙子——皮埃尔，当年曾趴在我手臂上看您星期日早晨骑马经过去听弥撒，现在已经长成大小伙子了，当上了工人。我的少爷，苍天保佑，他确实跟我说的一样。要是他知道您并没像谣传的那样，沉到湖底，被鱼群吃了的话，会非常高兴的。他非常幽默，总讲些非常有趣的故事。克莱瑞德的居民都非常想念您。您从小就是个前途无量的孩子。直到我死那天，我都会一直记着您来我这儿朝我借缝衣针的事，当时我没借给您，因为觉得你太小，用针不安全，然后您跟我说您要去树林里捡最漂亮的绿色针叶当针用。我的小孙子也这么聪明。他现在是一名铜匠，时刻为您服务，我的少爷。”

“我谁都不需要。约翰师傅，跟我讲讲阿贝莉和公爵夫人吧！”

“哎！少爷，您这是打哪儿来呀？听起来您好像不知道阿贝莉公主七年前已经被小矮人劫走了，关押在大山里。她就是在您掉进湖里那天失踪的，那一天，克莱瑞德人失去了两朵最娇美的花。公爵夫人非常悲痛。这件事让我明白世界上最高贵、最强大的人也和寻常老百姓一样，有他们的痛苦，这说明我们都是亚当的后代。老话说得好，狗也可以看主教。就这样，善良的公爵夫人白了头发，从此再也高兴不起来了。春天的时候，她穿着黑裙在树林里散步，鸟儿在林中唱歌，那时候就连最小的鸟也比我们的克莱瑞德至高无上的统治者快乐。不过，她的痛苦也不是无边无际的，她还残存一点希望，因为尽管她没有一点你的消息，每天晚上至少能在梦里看见她的女儿还活着。”

这位老实的裁缝还说了些别的，可乔治自打知道阿贝莉被小矮人抓走后，就再也没心思听了。

“小矮人们把阿贝莉扣留在地下，一个小矮人又把我救出水晶牢房，这些矮人们的风俗习惯看来并不一样。我的救命恩人肯定和抢走妹妹的那群矮人不是一伙的。”

他心里反反复复在想着的就是怎样把阿贝莉救出来。

这时他们已经经过了城镇，在他们经过的路上，家庭主妇们站在自家门槛前互相打听这位外地来的年轻人是谁，她们都觉得乔治很英俊。人群里见多识广的人认出来这是乔治·布朗西朗德少爷，她们以为自己看见的是幽灵，纷纷画着大十字跑开了。

一位老太太说道：“我们得朝他身上洒些圣水。幽灵沾上圣水就会发出刺鼻的硫磺味，瞬间消失。他抓住了裁缝师傅约翰，一定会把他推进地狱的烈火里的。”

一位市民说：“厚道点，老太太。这位少爷和你我一样都是活生生的人，甚至比我们更像活人。说他从另一个世界来，倒不如说他来自一个高贵的宫廷恰当。善良的太太，他是从遥远的地方回来。去年仲夏我曾亲眼看见马厩总管弗朗克尔从罗马返回克莱瑞德。”

做头盔的玛格丽特非常欣赏乔治，她跑到自己的闺房，跪在圣母像前祈祷：“圣母，求您让我嫁一位跟这位少爷长得一模一样的丈夫吧！”

人人都在谈论乔治回来了，消息一传十，十传百，终于传到了公爵夫人的耳朵里。公爵夫人当时正在果园里散步，听闻这个消息，心脏狂跳，听见树林里的鸟儿都在异口同声地欢唱：

“啾咿，啾咿，啾咿，
哦咿，哦咿，哦咿，
乔治·德·布朗西朗德；
啾咿，啾咿，啾咿，
你从小哺育大的孩子，
啾咿，啾咿，啾咿，
他回到了这里，这里，这里，
哦咿，哦咿，哦咿。”

弗朗克尔毕恭毕敬地走到公爵夫人身边，对她说道：“夫人，您以为已经死了的乔治·德·布朗西朗德已经回来了。我要把这件事写进歌里。”这时候，鸟儿们唱道：

“啾咿，啾咿，啾咿，

哦咿，哦咿，哦咿，

来到这里，这里，这里，这里……”

当看到她视若亲生儿子的乔治时，公爵夫人张开双臂去迎接他，却昏倒在乔治的脚边。

第二十章　一只小缎子鞋的故事

在克莱瑞德公国，几乎人人都对阿贝莉被小矮人劫持这件事深信不疑。虽然公爵夫人在梦中没发现什么精确的线索，但她也相信如此。“我们会找到她的。”乔治说道。“我们会找到她的。”弗朗克尔跟着重复了一遍。“我们会把她带回您的身边。”乔治允诺。“我们会把她带回您的身边。”弗朗克尔跟着响应。“我们会娶她的。”乔治说。“我们会娶她的。”弗朗克尔又跟着附和。他们向市民们打听小矮人的风俗习惯和阿贝莉被劫走时的情况。

问着问着，他们问到了莫瑞尔奶妈。她曾用自己的奶水喂养公爵夫人，但是现在她已经没有了奶水，于是她就在家禽饲养场喂鸡。裁缝师傅和马厩总管就是在饲养场找到的她。她一边给鸡喂食一边大声叫着：“宝贝们，宝贝们，宝贝们，来——来——来，宝贝们，宝贝们。”

“来——来——来，宝贝们，宝贝们。少爷，是您吗？小宝贝，小宝贝！您都长这么高了！——宝贝！还这么英俊？宝贝，宝贝，去！去！去！那只肥鸡把小鸡的食都抢走了。去！去！去！人世间也是这么回事呀，少爷！财富都在富人那儿扎堆，最后富人越来越富有，穷人越来越穷苦。世上根本就没有公正。少爷，我能为您做点什么呢？你们每人来杯啤酒怎么样？”

“非常好。谢谢您，莫瑞尔，我必须拥抱您，因为您用自己的乳汁喂养了世界上我最爱的那个女孩的母亲。”

“少爷，您说的是事实。我的乳儿六个月零十四天的时候长出了第一颗牙。那天已故的老公爵夫人还特地送给我一份礼物，千真万确呀！”

“现在，莫瑞尔，跟我们说说把阿贝莉劫走的那些小矮人的事吧！”

“哎！少爷，对于劫走她的那群小矮人的情况，我什么都不知道。我这样的一个老太太能知道什么呢？我以前知道的那点少得可怜的事情也被我忘得一干二净了，我常常连自己的眼镜放在哪了都记不住。总是鼻子上戴着眼镜还四处找。尝尝这种饮料，非常新鲜。”

“莫瑞尔，为了您的健康，干杯！但是有人说你丈夫知道阿贝莉失踪的事情。”

“这是真的，少爷。虽然他没受过教育，但他总能从酒馆和客栈里听来不少事情。他还从不忘事。如果他还活着，坐在这张桌子前，他能一直给您讲到明天。他过去总是给我讲各种乱七八糟的事，这些事在我脑子里都混淆了，我现在根本就理不清头绪。是真的，少爷。”

确实如此，这位老奶妈的脑袋就像一口裂开的汤锅。乔治和弗朗克尔要是想问出点什么事情非得费上九牛二虎之力不可。老奶妈一遍一遍重复来重复去，他们还是听出了这样一个故事：

“少爷，七年前的那天，阿贝莉公主和您一起出走，结果都没有回来。正巧那天，我已故的丈夫去山里卖马。确实是这样，他给那匹马喂了一顿兑了苹果酒的上好的燕麦，这样马腿才有力气，眼睛也会发光。他就牵着马走到山边的市场上。虽然给马喂了燕麦和苹果酒，可他一点都不心疼，因为那马卖上了价。动物和人一样——人们只看重它们的外表。做成这笔买卖后，我丈夫激动得不得了，他请朋友喝酒。那天傍晚，他一个人回来，喝多了没有找到好走的路，就从小路回来。他发现自己走到了一个山洞旁边，当时那种时候，那个时间，他清清楚楚地看见一群小矮人用担架抬着一个小孩，看不出是女孩还是男孩。虽然他喝了不少酒，但神智还很清楚，他怕摊上倒霉事，就赶紧跑了。但刚跑离山洞没多远，他把烟斗丢了，在他正弯身捡烟斗时，却看见了一只小缎子鞋。他心情好的时候总说：“烟斗可是第一次变成鞋。”因为那是一只小女孩穿的鞋，所以我丈夫断定小女孩在森林里迷路了，后来被小矮人们劫走了，一定就是刚才看见的躺在担架上的女孩。他正打算把缎子鞋放进口袋里，突然一群披着斗篷的小矮人向他扑来，抽了他好几个耳光，把他打得眼冒金星，呆若木鸡。”

“莫瑞尔！莫瑞尔！”乔治喊道，“那是阿贝莉的鞋！把它给我，我要吻上千遍万遍。我要把它放进我胸前的香囊里，在我死的时候，让人们把它放进棺材里，陪着我。”

“遵从您的意愿，少爷。可是你要去哪找那只鞋子呢？小矮人们把那只鞋抢走了，我可怜的丈夫只是想把那只鞋拿回来给长官们看，就被打了那么多耳光。以前他高兴的时候，总把这件事挂在嘴边。”

“够了！够了！告诉我那个山洞叫什么名！”

“少爷，人们管那儿叫矮人山洞，这个名字很合适，我已故的丈夫……”

“莫瑞尔！别再说了。弗朗克尔，你知道那个山洞在哪里吗？”

弗朗克尔倒光了酒罐里的酒，说道：“少爷，如果您了解我的歌，您就会知道矮人山洞在哪。我以前为那个山洞写了十一首歌，描绘山洞时，我连一块苔藓都没漏掉，少爷，我敢打赌，这些歌里，起码有一半是很有价值的。另外那些也不能忽视。我会给您唱一两首的……”

“弗朗克尔，”乔治喊道，“我们要攻克矮人国，救出阿贝莉。”

“我们会成功的！”弗朗克尔回答道。

第二十一章　危险之旅

夜幕降临，万物都沉寂下来时，乔治和弗朗克尔悄悄溜进矮厅里找出征的武器。在岁月斑驳的房梁下，长矛、长剑、短剑、大刀、猎刀、匕首闪着寒光，全都是杀人或杀猛兽必不可少的武器。每根横梁下面都立着一副盔甲，它们看起来坚定而骄傲，好像里面还装着那些穿着它们百战沙场的英勇灵魂。铁护手套十指抓紧长矛，盾牌躺在铁架上，好像是在表明作战时勇气固然重要，但谨慎也不可轻视，最优秀的战士既要做好进攻，也要做好防御。

乔治从这些盔甲里挑了阿贝莉的父亲曾穿过的那件，他就是穿着那件盔甲远征阿瓦隆和杜勒群岛的。弗朗克尔帮他穿戴整齐，他还特意戴上了那块刻着克莱瑞德金色太阳标志的盾牌。弗朗克尔找到了他祖父穿过的一件旧钢衣，衣服虽然旧，但衣服质量非常好。他还在帽子上插了一束破烂的羽毛。他选那串羽毛纯属一时兴起，想让自己高兴点，在他看来，快乐每时每刻都非常重要，尤其是在危险关头。

装备完毕后，主仆二人借着月光走进了黑黝黝的乡间。弗朗克尔事先就把马拴在了城堡暗道附近的树林边上了，他们走到那儿时，两匹马正在啃树皮呢。这两匹马跑得非常快，他们经过种种幽灵和幻影，不到一个小时工夫就到了矮人们居住的山里。

“就是这个山洞！”弗朗克尔说道。

乔治和弗朗克尔下马，手拿佩剑朝山洞里走去。这样一场冒险很需要勇气，但是乔治心中有爱，弗朗克尔又忠心耿耿，两人都毫不畏惧。最杰出的诗人可以这样来歌颂：“有爱为引，友情亦能无所不能。”

他们在黑暗中跋涉了将近一个小时，终于看见了一束亮光，二人非常惊讶。那照亮矮人国的亮光其实是一颗流星。借着地底下朦朦胧胧的微弱亮光，他们发现自己来到了一座古堡脚下。

乔治说："我们必须攻下这座城堡。"

弗朗克尔答道："您说得对。不过先让我喝口酒，我把这酒看做武器，因为酒越烈，人越有劲，人越有劲，长矛才越有威力，长矛越有威力，敌人就越不厉害。"

乔治一个人都没看见，便拿他的剑猛力砸城堡的大门。他听见一个小得可怜的声音，抬头一看，一个个头矮小，拖着长胡子的老头正在问话：

"你是什么人？"

"乔治·布朗西朗德。"

"你来这里干什么？"

"你们把阿贝莉关在这个鼹鼠洞里，我来是要把她带回去。你们这群肮脏的鼹鼠。"

那个小矮人消失了，又只剩下乔治和弗朗克尔了。弗朗克尔对乔治说：

"少爷，可能我这么说有点言过其实，但我觉得您刚才回答小矮人时没发挥出您最雄辩、最有说服力的口才。"

弗朗克尔天不怕地不怕，但他老了，岁月磨平了他的大脑也磨平了他的棱角，如今的他并不喜欢惹怒别人。乔治却年轻气盛，大喊大叫：

"你们这群可恶的地下矮人，鼹鼠、狗獾、睡鼠、白鼬、水鼠，快开门，我要把你们的耳朵割下来！"

他刚刚骂完，城堡的铜门缓缓打开了，因为他们没看见有人把两扇巨门推开，所以说门是自动开的。

乔治心里虽畏惧，但他心中的勇气胜过恐惧，于是他鼓足勇气跨进了这神奇的大门。一进院子，他看见所有的窗户、走廊、房顶、山墙、顶墙，甚至连烟筒管道里都站满了手拿弓弩的小矮人。

他听见身后的铜门又关上了，瞬间箭如雨下，射向他的头和肩膀，他又一次感到非常恐惧，也又一次鼓足勇气和力量。

乔治举起佩剑，手拿盾牌迈上了台阶，突然他看见台阶顶上站着一个威严的小矮人，他神色肃穆、手执金色的权杖，头戴王冠，身披紫袍。他认出来了，他就是那位把他从水妖的水晶宫里救出来的小矮人。

乔治扑倒在他的脚下，哭了出来：

“我的恩人，您是谁？您和这些抢走我深爱的阿贝莉的矮人们是一伙的吗？”

那位小矮人回答说：“我是洛克国王，我把阿贝莉留在身边是为了教会她矮人的智慧。孩子，你就像一阵冰雹一样砸进我美丽的花园。但是，我们矮人比你们人类坚强，也比你们懂得克制自己，不会轻易生气。我的才智远远胜于你，所以你做什么我都不会生气。在我超出你的所有优点中，有一点我始终保留，那就是公正，虽然我心里不是滋味。我这就把阿贝莉找来，我会当着你的面问她愿不愿意和你回去。我这么做不是要满足你的愿望，而是我非做不可。”

万籁俱寂，直到阿贝莉披着散乱的金发，穿着白裙出现。她一看见乔治，就跑进了乔治的怀抱，用尽全身力气抱住他的胸甲。

洛克国王问她：

“阿贝莉，他就是你想嫁的那个人吗？”

“是的，是的，小洛克国王，小矮人们，你们都看见了，我现在笑得多开心呀！”阿贝莉回答道。

阿贝莉哭了，泪水滴在了她爱人的脸上，这是幸福的泪水。这泪水里还有阿贝莉的笑声和千言万语像婴儿的喃喃自语一样没意义的柔情蜜意。但阿贝莉忘了自己的幸福模样会让洛克国王伤心。

乔治说：“亲爱的，如我所愿，我又见到你了，你是世界上最漂亮、最优秀的女人。你爱我！感谢苍天，你爱我！可是，阿贝莉，你不爱这位洛克国王吗？水妖把我囚禁在水晶宫里，让我们不能相见，是洛克国王把我救出来的！”

阿贝莉转身望着洛克国王。

“小洛克国王，是您救的乔治？您爱我，您还救了和我相爱的人……”阿贝莉再也说不出话了，她跪在地上，双手蒙住眼睛，哭了起来。

所有看见这一幕的小矮人都感动得哭了，泪水扑簌簌地落在弓弩上。洛克国王还是那么镇定。阿贝莉感到洛克国王是那么伟大，那么善良，她像女儿爱父亲一样爱着他。

她握住爱人的手，说道："乔治，我爱你。上帝知道我有多么爱你。可是我怎么能离开小洛克国王呢？"

"哈哈，现在你们都是我的囚徒喽！"洛克国王用吓人的声音说道。

可是这吓人的声音是他装出来，他是在逗他们，其实他一点也不生气。弗朗克尔走上前来，双膝跪地，大声说：

"陛下，请您也让我分享我两位主人的刑罚吧！"

阿贝莉认出了弗朗克尔，对他说：

"是你吗，我善良的弗朗克尔？再看见你我太高兴了！你带的这个帽子可真难看！快跟我说说，你最近又写了什么新歌？"

洛克国王带他们三人去用晚餐。

第二十二章　皆大欢喜

第二天一早，阿贝莉、乔治和弗朗克尔穿着矮人们为他们准备好的华贵衣裳，走进了宴会厅，洛克国王身着帝王的盛装，很快就驾临了。他身后跟着全副武装的大臣，他们穿着粗犷的皮衣，头盔上装饰着天鹅羽毛。成群的小矮人从窗户、气孔和烟囱里钻出来，溜到长桌下面。

石桌的一头摆着做工考究的长颈壶、烛台、高脚杯和金杯。洛克国王登上石桌，示意乔治和阿贝莉靠过来，对他们说道：

“阿贝莉，矮人国的法律规定，外人进到矮人国，在这里住满七年后就可以重获自由。你已经和我们一起生活了七年，如果我再把你留下来，那我就是一个丑陋的公民，一个可耻的国王。我没能娶你为妻，那么在你离开这里之前，就让我为你和你选定的人主持订婚吧。我爱你胜过爱自己，这么做我心里非常开心。如果我还有痛苦的话，它们就像是天空中的一点云彩，你的幸福会将它们驱散开。阿贝莉·克莱瑞德，矮人国的公主，把你的手给我，还有你，乔治·布朗西朗德，把手给我。”

洛克国王把乔治的手放在了阿贝莉的手中，然后转向他的臣民，用洪亮的声音说：

“小矮人们，我的孩子们，请你们为这两位年轻人见证，他们回到地面将喜结连理。他们将一起回到地面，让勇气、谦虚和忠诚如花园里的玫瑰、石竹和牡丹一样盛放在大地上。”

听到洛克国王的这些话，矮人们大声欢呼，只是不知道这欢呼声是因为痛苦还是来自喜悦，他们的心中杂糅了这两种感情。

洛克国王又转向了这对恋人，一边指着那些精致的金银器：长颈壶、烛台、高脚杯和金杯，一边对他们说道：

“收下这些礼物吧！这是小矮人们送给你的，阿贝莉，收下吧。它们会让你想起你的矮人朋友们。这是他们的礼物，不是我的。你过一会儿就会知道我要送给你的是什么。”

宴会厅里寂静无声。洛克国王用温柔无比的眼神望着阿贝莉，她带着玫瑰花环的脸庞娇美欲滴，头微微靠在未婚夫的肩上。

洛克国王说：

“我的孩子们，爱情里光有激情是不够的，还要心心相印，心有灵犀。激动人心的爱情固然很好，美好的爱情更好。愿你们的爱情里既充满温柔和包容，又坚韧无比；愿你们的爱情是圆满的，拥有宽谅和悲悯。你们年轻、漂亮、善良，但你们是人类，人类总是要经受更多的痛苦和考验。如果你们的爱情中没有悲悯，那这份感情就无法让你们度过人生的种种遭际。那样的爱情就会像是节日里的盛装，徒有其表，却无法遮风挡雨。我们真正爱一个人，也要爱他们的缺点，爱他们的贫穷。宽容、体谅、安慰，这些都是爱情的真谛。”

洛克国王停了下来，他心里激荡着既激动又温柔的情愫。

洛克国王接着说道：“我的孩子们，祝你们幸福！好好地守护你们的幸福吧！”

在国王讲话的时候，皮克、泰德、鲍勃、特鲁和保罗都趴在阿贝莉的白色外衣上，在她的手上、胳膊上留下很多吻，恳求她不要离开。这时，洛克国王从腰带上取下一枚戒指，戒指的底盘光芒闪烁，这就是那枚洛克国王用来打开水妖水晶牢房的戒指。洛克国王把戒指戴在阿贝莉的手指上，对她说：

“阿贝莉，请收下我手中的这枚戒指。它能让你和你丈夫随时随地进入我们矮人王国。你们会受到热烈招待，我们会有求必应。请教导你们的孩子不要鄙视生活在地下，勤勤恳恳、与世无争的小矮人们，这就是对我的最好报偿！”